Naomi
E A LISTA DO NÃO BEIJO
& Ely

Outras obras dos autores publicadas pela Galera Record

Nick e Norah: uma noite de amor e música

David Levithan
Todo dia
Will & Will: um nome, um destino, com John Green
Invisível, com Andrea Cremer
Garoto encontra garoto
Dois garotos se beijando

Rachel Cohn
Pão de mel
Siri
Princesa Pop
Cupcake

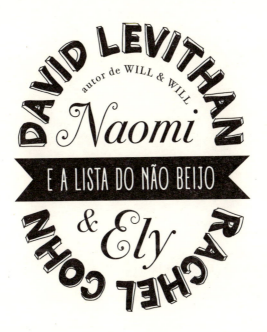

Tradução de
ANA CAROLINA MESQUITA

1ª edição

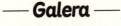

RIO DE JANEIRO

2015

CIP-BRASIL. CATALOGAÇÃO NA FONTE
SINDICATO NACIONAL DOS EDITORES DE LIVROS, RJ

C629n
Cohn, Rachel, 1968-
Naomi & Ely e a lista do não beijo / Rachel Cohn, David Levithan; tradução Ana Carolina Mesquita. – 1º ed. – Rio de Janeiro: Galera Record, 2015.

Tradução de: Naomi & Ely's no kiss list
ISBN 978-85-01-10312-3

1. Ficção americana. I. Levithan, David . II. Mesquita, Ana Carolina. III. Título.

14-18322

CDD: 821
CDU: 813.111(73)-3

Título original em inglês:
NAOMI AND ELY'S NO KISS LIST

Copyright © 2007 by Rachel Cohn and David Levithan

Todos os direitos reservados. Proibida a reprodução, no todo ou em parte, através de quaisquer meios. Os direitos morais do autor foram assegurados.

Texto revisado segundo o novo Acordo Ortográfico da Língua Portuguesa.

Direitos exclusivos de publicação em língua portuguesa somente para o Brasil adquiridos pela
EDITORA RECORD LTDA.
Rua Argentina 171 – Rio de Janeiro, RJ – 20921-380 – Tel.: 2585-2000, que se reserva a propriedade literária desta tradução.

Impresso no Brasil

ISBN 978-85-01-10312-3

Seja um leitor preferencial Record.
Cadastre-se e receba informações sobre nossos lançamentos e nossas promoções.

EDITORA AFILIADA

Atendimento e venda direta ao leitor
mdireto@record.com.br ou (21) 2585-2002.

Para Nancy Primeira

Agradecemos como sempre aos nossos amigos, aos familiares e à equipe de autores de livros para jovens. No caso deste livro, um obrigado específico vai para Anna, Martha, Nick, Patty, Robin, todo mundo da Knopf (com um grito de agradecimento todo especial para Nancy, Allison e Noreen!) e o pessoal maravilhoso da William Morris (especialmente Alicia e Jennifer). E obrigado a todos os fãs que nos escrevem; vocês sempre nos fazem ganhar o dia.

ARREPIO

Eu minto o tempo inteiro.

Menti para a Sra. Loy do 14º andar quando jurei de pés juntos que havia passeado com sua cadela três vezes por dia e regado as plantas durante sua viagem para Atlantic City, aonde ela foi angariar fundos para a lamentável operação do seu filho (ou para uma cirurgia plástica opcional em si mesma, não tenho certeza).

Menti para o pessoal da administração do prédio da minha família a respeito do surto da minha mãe, que deixou a parede da nossa sala a ponto de desmoronar logo depois de meu pai ter ido embora. Também sustentei as mentiras que ela contou, dizendo que pagaríamos o prejuízo. É mais fácil macacos saírem voando da minha bunda do que conseguirmos a grana para consertar o estrago. Bem, vejo as coisas assim: se não nos importamos de viver em meio às ruínas, por que o pessoal da administração se importaria?

Menti para o Comitê de Admissão da NYU dizendo que me preocupava muito com o futuro e com minha educação. Não faz nem um ano que me formei no ensino médio, mas já sei que esse lance de faculdade é pura perda de tempo. Só enceno a mentira da vida de caloura universitária para me agarrar à única coisa que não está em ruínas em minha vida: Ely.

Menti para Robin (♂) da aula de Psico quando garanti que Robin (♀), o garoto do Starbucks que fica na Eighth com a University, a ♥ e ligaria para ela. Não tenho $$$ para morar no alojamento da universidade, e Robin, que está no segundo ano, é uma dessas raras pessoas que têm um quarto só para ela e volta para casa nos fins de semana, e me deixa ficar no seu quarto quando preciso fugir do Prédio. O edifício em que morei minha vida inteira pode ficar em um terreno privilegiado no Greenwich Village, mas escapar de lá é minha prioridade número um: uma fuga do drama dos meus pais, das mentiras e do Sr. McAllister, o ascensorista medonho que mora no fim do corredor no andar da Sra. Loy e me come com os olhos, desde que fiz 13 anos e meus seios se pronunciaram pela primeira vez no espelho do elevador.

Menti para minha mãe todas as vezes em que disse que dormi na casa de Robin, quando na verdade dormi no quarto do meu namorado, no alojamento universitário. Minto para mim mesma que preciso mentir sobre onde estou. Não que Bruce, o Segundo, e eu estejamos fazendo aquilo. A gente é mais do tipo que 📖 na cama, depois apaga a luz e ☺ — simplesmente dorme —, até que ele vai embora pela manhã na ① da sua aula de contabilidade. Minto para ele dizendo que acho contabilidade algo que vale a pena estudar.

Menti para Robin (♂) quando ele ganhou nossa partida de xadrez no Washington Square Park, depois daquela vez com Robin (♀). O preço da minha derrota supostamente era responder a verdade à sua pergunta reflexiva. Robin disse que viu cinco homens tropeçarem uns nos outros porque estavam me olhando, enquanto eu simplesmente os encarava. Ela queria saber se eu uso minha beleza para o bem ou para o mal. Para o mal, respondi. Mentira. A verdade é que sou tão pura quanto a neve fresca no Washington Square Park numa manhã de inverno, antes de os cachorros, as pessoas e as máquinas dessa cidade dura e cruel arruinarem sua beleza perfeita e tranquila.

Menti para Bruce, o Segundo, quando prometi que em breve iríamos transar, transar *de verdade*. Muito em breve. Mal havíamos chegado ao ♋ quando o inspetor do andar entrou no quarto e nos interrompeu. A sensação que eu tinha é de que estava traindo Ely.

Menti para Bruce, o Primeiro, quando o deixei acreditar que seria meu primeiro homem. Quem tem que ser o primeiro é Ely. Posso esperar. Depois, quem sabe deixe Bruce, o Segundo, ser mesmo o segundo.

Menti hoje para três caras diferentes e uma menina no Starbucks da Astor Place que ficaram me encarando pelo espelho da parede, e queriam ocupar o assento vazio à minha frente. Fingi que não estava ouvindo-os por causa do 🎧. Eles poderiam Ⓟ em outro lugar. Apoiei os pés no assento vazio para guardá-lo para Ely. Somente para Ely.

Na maior parte do ⊕, minto para Ely.

Ely me liga enquanto estou esperando por ele.

— Estou atrasado, chego em uns quinze minutos. Guarde um lugar para mim. Te amo.

Antes que eu pudesse responder qualquer coisa, Ely desliga. Menti para o Starbucks que sequer estava consumindo algo do Starbucks enquanto fico sentada nos sofás, matando tempo.

Já passamos por tanta coisa juntos; o que eram quinze minutos a mais de espera? Sua ausência me dava tempo para enrolar minhas inverdades.

Menti para Ely quando disse que perdoava sua mãe pelo que aconteceu entre nossos pais. Menti que estava feliz por ele, por suas mães terem se acertado e continuado juntas, apesar de meus pais não terem conseguido fazer o mesmo, e de hoje meu pai não morar mais n'O Prédio, e sim muito longe.

Menti para minha mãe dizendo que o estrago estava feito, mas que não havia problemas se ela precisasse de tempo para processar aquele desastre antes de pensar no futuro. Menti, tranquilizando-a, dizendo que acredito que ela vai conseguir sair dessa. Não que eu pense que ela não seja capaz disso: o problema é que simplesmente não quer.

Menti para todas as partes envolvidas quando deixei acreditarem que meu pai me liga toda semana para saber como estou. Uma vez por mês (os meses ímpares) seria algo mais próximo da verdade.

Meu pai não está preocupado comigo. Ele sabe que posso contar com Ely.

Ely raramente se despede de mim ou desliga o telefone sem antes dizer "eu te amo". É a maneira dele de dizer "tchau"; como uma promessa em relação a nosso futuro juntos. Minto quando respondo com as palavras "eu também".

Se alguém um dia quisesse desenvolver esse conceito, a complexidade que existe nos diferentes níveis de significado das palavras "eu te amo" daria um videogame de foder a cabeça de qualquer um.

Jogador Número 1: Naomi.

Nível 1: "eu te amo" para minha mãe, que significa que a amo por ter me dado a vida, cuidado de mim, por me enlouquecer mas, apesar de tudo, me inspirar, mesmo estando de coração partido. O básico.

Nível 2: "eu te amo" para meu pai, proferido com uma sinceridade com toques de frieza, descrente de que ele seja capaz de retribuir o sentimento de verdade. Mais difícil.

Nível 3: o "eu te amo" brincalhão que digo para meu namorado quando ele me espera na porta da sala de aula com um café quentinho e um donut. Essa gradação de "eu te amo" não tem a mínima intenção de ser A-M-O-R, *amoooooooor*. Nosso relacionamento é muito recente para isso, e ele também entende. Quando Bruce, o Segundo, fala "eu te amo" depois que eu... faço certas coisas com ele, toma todo o cuidado para imediatamente suavizar a coisa, do tipo: "Eu te amo quando você grita com os caras da fraternidade que ficam fazendo barulho no corredor quando estamos sozinhos no quarto. Você cria um barraco daqueles, e agora eles todos só me invejam ainda mais. Eu te amo por isso." Enfim.

Níveis 4-9: expressões de adoração pelas grandes paixões da minha vida, como disco music, chocolates Snickers, os Cloisters, a NBA, jogos de tabuleiro na escadaria, a sorte de compartilhar a vida com Ely.

Agora é que o jogo fica mais difícil.

Nível 10 (mas em outro plano completamente diferente, onde talvez os números nem sequer existam): quando digo "eu te amo" a Ely e *não estou* mentindo para ele, mas para mim mesma. Ele absorve minhas palavras como se elas fossem algo natural, vindas de sua melhor amiga/quase-irmã. E o Jogador Número 1: Naomi quer *mesmo* dizer aquilo dessa forma. De verdade. Mas, talvez, de outras formas também. Confusas e impossíveis.

Pausa.

A verdade invade o jogo.

Mentiras são mais fáceis de processar.

Menti para Ely dizendo que não tenho o menor problema com alguém ser gay. E não tenho mesmo. Exceto no caso de Ely. Ele deveria ser meu, no melhor estilo Felizes para Sempre, marcados pelo destino.

Menti para Ely dizendo que entendia, é claro, que o verdadeiro destino *dele* era o glorioso reinado cor-de-rosa, e que aquilo esteve óbvio o tempo todo, não é mesmo? *Está bem! Ótimo! Só que não!* Praticamente fomos prometidos um para o outro desde pequenos, crescemos lado a lado, a família dele no 15J e a minha no 15K. Naomi & Ely. Ely & Naomi. Nunca um sem o outro. Basta perguntar a qualquer pessoa a um raio de três metros do Whole Foods da 14th Street, onde todos que estavam na seção do bufê indiano testemunharam o papelão desastroso entre as mães dele e os meus pais. Naomi & Ely: brincaram de médica (♀) e enfermeiro (♂) juntos; aprenderam a beijar ensaiando sozinhos para os papéis principais da montagem de *Guys and Dolls* no penúltimo ano da escola, quando dividiram o mesmo armário e suas experiências do ensino médio; e escolheram estudar na NYU juntos, permanecer lado a lado em suas próprias casas em vez de se mudarem para um alojamento universitário, por motivos de contenção de despesas e da codependência Naomi & Ely.

Quando Ely finalmente chega ao Starbucks, está sem fôlego e vermelho por ter corrido no frio do inverno, então desaba no assento que guardei para ele.

Entrego a Ely o chocolate quente que o gerente do Starbucks me deu de cortesia.

— Levante-se — digo. — Precisamos ir.

— Por quê, Naomi? — implora ele. — Por quê? Acabei de chegar!

Seguro sua mão livre e saímos novamente para o asfalto frio e duro, onde imediatamente começamos os procedimentos de rotina Naomi & Ely de dar-as-mãos-e-segurar--o-copo-ao-mesmo-tempo-andando-apressados-conversando-e-desviando-de-pessoas-que-caminham-pela-calçada.

— Confie em mim — digo.

Ely não pergunta aonde vou levá-lo.

— Era mesmo tão necessário me fazer cancelar a sessão de estudos no café da MacDougal Street com o assistente gato do professor de economia para discutir sobre seu mais recente falso diagnóstico? Você não tem câncer, Naomi. E, caso ainda não tenha percebido, a temperatura aqui fora está tipo um grau negativo. E existem outras maneiras como eu preferiria passar meu tempo que não congelando a bunda nesse frio. Por exemplo, trocando olhares com o assistente gato... num café com aquecimento, por sinal.

Ele tira a mão da minha, me entrega o copo de chocolate quente e depois coloca as duas mãos em concha ao redor da boca, para aquecê-las. Bem que eu queria fazer respiração boca a boca nele.

Não seria mentira dizer que gosto do frio. É o que mais anseio: os arrepios.

— Como pode não ficar preocupado com a possibilidade de eu ter câncer? — pergunto. — Encontrei um caroço no meu seio. — *Toque-o, Ely. Toque-o.*

— Mentira. Sei disso não só porque está mordendo o lábio, o que sempre faz quando mente, como também porque sua mãe me falou tudo sobre esse seu suposto caroço quando nos encontramos no elevador, hoje de manhã. O médico disse que era uma espinha inflamada.

Macacos!

Preciso distrair Ely da minha mentira. Paro em frente à grade de um pátio escolar. A escola é enorme, úmida e suja, cheia de pichações e grades nas janelas. A quadra é toda de concreto, rodeada por uma cerca de aramado caindo aos pedaços.

— Acho que devíamos nos casar aqui — sugiro.

— Ah, minha querida Naomi, estou quase desmaiando com o romantismo decadente disso tudo! O que aconteceu com o Templo de Dendur, no Met? Eu tinha concordado em casar lá só para ver você no vestido de marfim de Nefertiti, com os olhos cobertos de kajal, como Cleópatra. Você é o tipo de garota que conseguiria facilmente bancar o visual "deusa egípcia".

— E o noivo, o que iria vestir?

— O mesmo.

✗ ✗ ✗

Errado errado errado.

Preciso corrigi-lo.

— Não somos você e eu que vamos casar aqui, Ely. Somos *ele* e eu. — Aponto para o cara jogando basquete que acabara de acertar uma impressionante cesta de três pontos no aro nu da quadra.

Ele ergue os braços formando um V, fazendo com que o capuz que cobre sua cabeça caia nos ombros e revele seu belo rosto, para nosso total prazer visual.

O olhar de Ely encontra o meu.

— Para ver isso, vale a pena perder meus estudos — constata.

Ele já deveria saber que pode confiar em mim. Mesmo quando estou mentindo.

Ficamos admirando. Gabriel não apenas é o cara mais gostoso da quadra, como também o melhor jogador. Corre. Passa. Salta. Enterra. UAU. Porteiro à noite, estrela do basquete de dia.

Quando a partida acaba, os jogadores saem correndo da quadra; em direção a seus lares aquecidos, assim espero. Ely e eu abaixamos bem as cabeças quando eles passam por nós em nossa pose de estamos-salivando-pela-cerca, *la la la*, não-está-acontecendo-nada.

Depois que todos se vão, Ely faz uma reverência para mim, muito merecida. Foi um trabalho de detetive de primeira classe da minha parte descobrir para onde o novo porteiro noturno do nosso prédio vai no fim da tarde, sobre quem todo mundo deseja saber mais, embora ninguém saiba realmente nada além do quanto ele é maravilhoso; e, se houver algo a mais para saber, não vai ser Gabriel quem dirá.

Ely ergue o corpo depois da reverência, dá meia-volta e recosta-se à cerca de aramado, então solta um suspiro apaixonado.

— Não acredito que não fizemos isso antes, mas é óbvio que Gabriel merece um lugar na Lista do não beijo. Vamos colocá-lo no final, já que é novato. Aos poucos, deve ir subindo os degraus.

Ely e eu criamos a Lista do não beijo™ há muito tempo, após o incidente numa festa em que brincamos de verdade ou consequência, que de vez em quando ainda chamamos de Episódio-Do-Você-Ficou-Comigo-Só-Pra-Botar-Ciúme--Em-Donnie-Weisberg! 👽! Nossa Lista do não beijo™ vive em constante modificação, é quase um ser senciente, um composto formado quimicamente pela matriz entre Tempo Obsessivo para Estudos x Tempo de Observação de Caras Gatos de Ely e a minha entre TPM e Tédio. Concordar de antemão que certas pessoas são vetadas, até mesmo as que são verdadeira e enlouquecedoramente beijáveis — estou falando de casos em que *dói* saber que os lábios daquela pessoa jamais tocarão os seus por causa do seu próprio voto de não beijo — é o jeito que Ely e eu encontramos para manter o ciúme afastado da nossa amizade. A Lista do não beijo™ é nosso seguro contra um possível término entre Naomi & Ely.

Se nossos pais tivessem criado uma Lista do não beijo™, talvez tivessem nos poupado uma boa dose de sofrimento. A geração seguinte não cometerá o mesmo erro.

— Tudo bem colocar Gabriel nessa lista, mas não concordo com a posição. Ele é mais gato do que qualquer outro. Voto para que suba direto para o segundo lugar.

— Fechado.

Interessante. Essa concessão foi muito fácil de conquistar.

CDFs, anotem aí. Novas atualizações no topo da Lista do não beijo™:

#1: Donnie Weisberg, que continua firme e forte: o grande símbolo de que juramos permanecer castos, a fim de proteger a santidade da instituição Naomi & Ely. O fato de não termos ideia de por onde anda Donnie ultimamente (ouvimos boatos de que está fazendo alguma merda para a Habitat for Humanity na Guatemala para se livrar de sua condenação na primavera passada por uso de drogas, depois daquela festa do cogumelo no dia em que o pessoal do último ano resolveu matar aula) não influencia em nada na permanência de Donnie no topo da Lista do não beijo™;

#2: seja bem-vindo, Gabriel, porteiro gostoso do turno da noite, desejado por todos os residentes d'O Prédio; exceto, talvez, pelo Sr. McAllister, que aparentemente precisa de no mínimo um belo decote com peitos fartos para se excitar;

#3: meu primo Alexander: um legítimo representante do Kansas — não preciso dizer mais nada;

#4: A prima Alexandra de Ely: residente do East Village, ovacionada pela sua performance na montagem de teatro experimental do filme *Traídos pelo desejo* — não preciso dizer mais nada;

#5: Robin (♂), pois tanto Ely quanto eu gostamos de Robin (♂), que, por sua vez, gosta muito de Robin (♂)e prova como sou capaz de fazer amizades na faculdade fora do círculo Naomi & Ely;

e por fim

#6: O cara meio largado que faz graduação em teologia e que está sublocando ilegalmente o apartamento 15B.

— Como descobriu que Gabriel joga basquete aqui? — pergunta Ely.

— Passei um dia por essa quadra por acaso, e vi que ele estava lá.

A dona 🕷 subiu pela parede... da mentira.

Eu nunca, nunca beijei Gabriel. Nunca tive uma conversa de mais de cinco minutos com ele sem a presença de Ely. Mas...

Talvez tenha trocado telefones com Gabriel. *Talvez* ele me mande mensagens de vez em quando. *Talvez* tenha mencionado onde joga basquete com os amigos antes de ir para o trabalho.

— Que golpe de sorte para nós! — exclama Ely.

Colocar Gabriel direto em segundo lugar na lista manterá a salvo o ☻ de Naomi & Ely. Caso contrário a ☂ *talvez* venha e leve Naomi.

— Lembrete — digo. — Qual o tamanho do meu amor por você por ter desistido da chance de um dia ter qualquer coisa com Gabriel?

— Lembrete: você já tem namorado.

Preciso mesmo desse lembrete.

— Tem razão. Bruce, o Segundo, está esperando por mim, preciso ir andando.

Meu namorado e eu planejamos nossa própria sessão de estudos: ele estuda, enquanto eu evito fazer o mesmo. Gosto de passar as camisetas de Bruce enquanto ele estuda em sua mesa, desviando os olhos do laptop ou dos livros de vez em quando só para sorrir para mim, do seu jeito entediante, mas agradável. Belos dentes. Bruce diz: "Naomi, eu só uso camisetas pretas lisas da Gap. Elas não precisam ser passadas." E eu respondo: "E daí?" Porque passar a roupa de Bruce é, de alguma forma, mais divertido do que pegar ele. É, sei lá, ordenado, e é um jeito razoável de passar o tempo. Passar roupa e beijá-lo. E quando o alarme do celular de Bruce disparar o aviso de seu intervalo obrigatório de cinco minutos em seus estudos, ele vai se levantar e vir se aninhar atrás de mim, apoiando a cabeça na curva entre meu pescoço e meu ombro. Provavelmente sem ficar de pau duro, porque isso interferiria em sua programação de estudos. Mas sussurrará em meu ouvido: "Nossa, como você é linda." Como se tivesse muito orgulho daquilo. Como se eu tivesse alguma coisa a ver com um conjunto de genes ferrados que me deram cabelos brilhantes, um rosto agradável e um corpo desejável do qual, na verdade, não faço uso.

Verdade seja dita: mesmo considerando os membros da Lista do não beijo™ que estão fora do meu alcance, atenção é o que não falta para este corpo aqui, se eu desejar. Mas preciso esperar que Ely o inaugure. Devo isso a ele. Estamos planejando nosso matrimônio desde os 12 anos, quando ele me pediu em casamento só para roubar o nosso primeiro beijo de verdade. *Ser gay* não muda nosso passado ou o compromisso do nosso futuro juntos. *Ser gay* não significa que eu não deva aguardar pelo dia em que deixará de ser.

Seguro a mão de Ely. Fim de partida. Hora de ir embora.

Mas ele continua com os pés grudados na calçada, encostado na cerca.

Espere um pouco. *Shazam* ✺ *alacazam!,* como gritávamos no elevador do prédio antes de apertar os botões de todos os andares para atazanar o Sr. McAllister. Ely desistiu fácil demais: tanto ao colocar Gabriel no segundo lugar da Lista do não beijo™ quanto permitindo que eu desse vazão à minha mania de faltar aula, vindo me ver quando ele mesmo tinha que estudar. Ely se esforça bastante para manter o CR alto e conservar sua bolsa de estudos. Ele não tem outra opção. O que suas mães ganham é muito para que possam participar de algum programa de assistência financeira, mas pouco para dar conta da mensalidade integral da faculdade do filho somada à hipoteca do apartamento. Ely está preso à bolsa, do mesmo jeito que minha mãe e eu estamos presas ao apartamento em frente ao dele. O trabalho administrativo dela na universidade pode até cobrir os custos da minha faculdade, mas ela jamais teria condições de arcar com uma mudança d'O Prédio, por mais esquisita que esteja nossa situação com os vizinhos. Minha mãe nunca conseguiria bancar um lar tão legal quanto o que os pais dela compraram para nós.

— O que foi? — pergunto para Ely.

Seu rosto se aquecera um pouco e, sem as manchas vermelhas de frio em suas bochechas, conseguia ver as rugas de preocupação ao redor de seus lindos olhos azul-Ely.

— Preciso contar uma coisa.

— O quê? — pergunto, preocupada.

E se ele estiver com câncer ou tiver decidido pedir crédito estudantil para morar no alojamento da universidade e sair d'O Prédio? Ou ainda, se estiver tão puto com minhas mentiras que não vai mais se importar com minhas faltas ou com a possibilidade de eu me ferrar completamente?

Ely diz:

— Eu beijei Bruce, o Segundo.

BRUCE, O SEGUNDO

DISCAR

Existem muitas maneiras de se obrigar a tomar uma decisão. Fazemos isso o tempo todo, tomar decisões. Se realmente pensássemos em cada decisão que tomamos, ficaríamos paralisados. Qual palavra dizer agora? Para onde ir? O que olhar? Que número discar? Você precisa escolher quais decisões vai tomar, e depois esquecer o resto. É quando acha que há uma escolha com a qual corre o maior risco de se dar mal.

Ela não estava em casa; este é o fator número um. O porteiro me deixou subir, e eu toquei a campainha, mas ela não estava lá, onde disse que estaria. Se fosse dois meses atrás, eu teria ficado surpreso, mas naquele momento, aquilo só me deixou irritado. Sabe aquela sensação de esperar por alguém? Estou falando de esperar *mesmo* — ficar parado na frente de um restaurante, no frio, enquanto centenas de pessoas passam pela calçada. E você não quer fazer outra coisa enquanto espera, pois tem medo de se distrair — de que, por algum motivo, se não a avistar assim que ela aparecer, a pessoa poderá ir embora. Então você fica ali, sem fazer nada além de pensar em como está ali, parado. De vez em quando olha o relógio ou checa o celular para ver se, por acaso, ele não está no modo silencioso, embora você já tenha feito isso um minuto atrás.

Ultimamente, essa era a sensação de namorar Naomi.

Liguei para ela, e desliguei quando caiu direto na caixa postal, porque, naquela altura, de que adiantaria deixar um terceiro recado no correio de voz? De que adianta deixar, *em qualquer circunstância*, um terceiro recado no correio de voz?

Eu estava ali parado, tentando estimar quanto tempo teria que continuar esperando, quando a porta do apartamento de Ely se abriu, e ele saiu, descalço e com um saco de lixo na mão para jogar fora. Olhou para mim, sorriu e disse:

— Deixa eu adivinhar.

Nunca havíamos passado da fase do "vem junto com o pacote". Ele não ia muito com a minha cara, porque me achava chato, e eu não ia muito com a cara dele, porque ele me achava chato. No entanto, sempre que Naomi queria que saíssemos juntos, concordávamos. Virei o observador inocente. Não sentia ciúmes dele; e como poderia, se ele era gay? Não, eu tinha ciúmes *deles*: do jeito como parecia que haviam crescido assistindo aos mesmos programas de televisão, com a diferença de que o único programa do qual eles não paravam de falar era o da própria vida em comum, e cada episódio era mais engraçado do que o anterior. De vez em quando, Naomi (ou até mesmo Ely) se dava ao trabalho de me explicar alguma dessas referências, mas só o fato de precisarem explicar já tornava a situação toda ainda mais estranha, mais óbvia. Meu único consolo era que, em algum momento, a noite chegaria ao fim, e Naomi voltaria para casa comigo; não com ele. Eu sabia que Ely não me achava bom o bastante para Naomi, mas tinha a impressão de que ele nunca acharia ninguém bom o bastante para Naomi — da mesma maneira como ela jamais ficaria satisfeita com nenhum namorado dele. Pensando em termos de filmes clássicos, a coisa era assim: Fred Astaire tinha se casado com uma mulher que não era Ginger Rogers, e Ginger Rogers tinha se casado com um cara (mais de um, na verdade, eu acho) que não era Fred Astaire. No entanto, alguém ainda tinha dúvidas de quem eram seus verdadeiros parceiros de dança? Eu até podia ser o namorado de Naomi, claro. Podia ser quem dormia (ou não) com ela. Mas tinha plena convicção de que jamais seria seu parceiro de dança.

Ely perguntou se eu queria entrar, e pensei, por que não? Quero dizer, pensei que agora teria motivo para deixar um terceiro recado na correio de voz de Naomi, além de um lugar para que ela me encontrasse quando chegasse. Era muito melhor do que ficar esperando no corredor.

Não havia mais ninguém em casa. Eu estava curioso para conhecer as mães dele; Naomi já tinha mencionado tanto as duas que eu era capaz de juntar as peças da história. Sei que é errado, mas sempre imaginei a mãe com quem o pai de Naomi teve um caso como uma mulher atraente. A coisa parecia fazer mais sentido desse jeito, pelo menos para mim. E Ely também era atraente. Eu sabia disso, embora realmente achasse que aquilo não significava nada para mim. Não era uma coisa que eu *sentia*, da mesma forma que sinto quando estou perto de uma gostosa; de alguém tipo Naomi que não só era gostosa como também calhava de ter uma cabeça pensante. Descobri, na minha limitada experiência em relacionamentos e na minha um pouco menos limitada experiência com amizades, que existe muita gente por aí que acha pensar um saco; que não se sente instigada com esse tipo de coisa, e não faz o mínimo esforço para estimular isso. Naomi, porém, valorizava a fina arte do pensamento. O único problema é que eu nunca sabia o que ela estava pensando. Imagino que Ely tivesse uma ideia mais precisa sobre isso.

Entramos em uma daquelas salas que têm livros de cima a baixo, espremidos um ao lado do outro nas estantes há tanto tempo que parecem ter se fundido em uma única fileira de múltiplas lombadas.

— Posso guardar seu casaco? — perguntou Ely.

Eu entreguei o casaco para ele, que o atirou em uma cadeira. Eu podia ter encarado aquilo como um gesto ofensivo, mas, do modo como o fez — como se estivesse rindo mais de si mesmo do que de mim — foi quase charmoso. Sentei no sofá, e ele parou na minha frente.

— Quer beber alguma coisa?

Talvez fizesse mais sentido se eu tivesse decidido dizer que sim. Mas respondi que não.

Ele comentou:

— Que bom. Você pode acabar com uma bela dor de cabeça quando se mete com *brandy*.

— Quem é Brandy?

— *Brandy*, da minha mãe.

Fiquei confuso.

— Sua mãe? Não sabia que uma de suas mães se chamava Brandy.

Agora, *ele* parecia confuso.

— Minha mãe não se chama Brandy.

— Mas você não acabou de dizer "Brandy, minha mãe"?

— Bom, na verdade, ela está mais para gim — falou, rindo.

— Jean? Não era Brandy?

— Para com isso — pediu, às gargalhadas. — Assim você me mata.

Ri também, ainda confuso.

— Mas quem é Brandy?

— Já falei, o *brandy* da minha mãe!

A essa altura, ele nem conseguia falar de tanto que gargalhava, e eu me peguei rindo também, bem ao lado dele. Ely começou a ficar muito vermelho, o que me fazia rir ainda mais. Sempre que a crise de riso começava a passar, ele gritava: "Quem é a BRANDY?", e eu berrava: "SUA MÃE!", e voltávamos ao nosso surto de roncos e guinchos de arrancar lágrimas dos olhos e queimar a bexiga. Eu estava completamente encurvado, enxugando os olhos, enquanto ele, sentando-se no sofá ao meu lado, gargalhava sem parar.

Você precisa entender: eu não rio com frequência. Não é uma escolha minha, simplesmente não tenho a oportunidade. Portanto, quando rio, é uma explosão. Algo que se abre dentro de mim.

— Toc, toc! — falei.

— Quem é? — perguntou ele.

— Seu professor da autoescola!

— Que professor?

— PASSOS DIAS AGUIAR! — berrei.

Foi a coisa mais engraçada que qualquer um de nós já tinha ouvido.

— O que uma nuvem falou para outra? — gritou ele.

— SUA MÃE!

— Nuvem que não tem!

Continuamos assim por pelo menos vinte minutos. Toda e qualquer piada que tínhamos ouvido na terceira série foi invocada para uma performance digna de um profissional. E, se chegássemos a um intervalo, simplesmente exclamávamos "Que professor?" ou "BRANDY!" até a próxima piada aparecer.

Finalmente, precisamos parar para recuperar o fôlego. Ainda estávamos no sofá, e ele estava encostado em mim. Olhei para seus pés descalços e decidi tirar os sapatos, ao que Ely disse:

— Sempre existe um sapato velho para um pé cansado.

— Não, esse sapato é novo — retruquei.

Ele olhou para mim, e pareceu que era a primeira vez que realmente me via.

— Gosto de você — confessou.

— Tente disfarçar a surpresa — respondi, sem pensar.

Ele inclinou tanto o rosto para trás que passou a me olhar de cabeça para baixo, e eu pensei: "Ele é bonito até de cabeça para baixo." Eu não conseguia me sentir bonito nem de cabeça para cima.

— Não importa se estou surpreso com isso ou não. O que importa é que gosto de você.

Ouvimos o elevador chegando no corredor. Ely, todo saltitante, foi espiar pelo olho mágico, enquanto eu tirava o outro sapato.

— É só o Sr. McAllister — avisou. — Não se preocupe.

Entendi o "não se preocupe", porque confesso: não queria que fosse Naomi naquele elevador. Queria continuar exatamente assim. Não estava apenas curtindo a companhia de Ely; estava curtindo minha própria companhia também.

— Vamos ouvir alguma coisa — propôs Ely.

Concordei, supondo que ele ligaria o som da sala. Mas, em vez disso, me levou para seu quarto, que era coberto de poemas que havia xerocado e de fotos de amigos, principalmente de Naomi. Procurou no computador pelo álbum que queria, então apertou o play. Reconheci imediatamente: *From the Choirgirl Hotel*, de Tori Amos. A música pareceu se soltar das caixas de som ao cair no quarto. Achei que Ely se sentaria numa cadeira ou na cama, mas em vez disso ele se deitou no piso de madeira, encarando o teto como se fosse o céu. Não me disse o que fazer, mas deitei ao lado dele, sentindo o chão em minhas costas, sentindo minha respiração, sentindo-me... feliz.

Uma canção seguida de outra. A certa altura, me dei conta de que tinha esquecido o celular na jaqueta, ou seja: não iria ouvir se tocasse. Deixei para lá.

Havia algo em nosso silêncio que me deixava à vontade. Ely não estava falando comigo, mas eu não me sentia ignorado. Sentia como se fizéssemos parte do mesmo momento, e que esse momento não precisava de definição.

Por fim, perguntei:

— Você me acha chato?

Ele se virou em minha direção, mas continuei olhando para o teto.

— Por que está perguntando isso?

— Não sei — balbuciei, um pouco constrangido pelo que disse.

Imaginei que ele voltaria a encarar o teto e a prestar atenção na música, mas ele ficou olhando para mim por quase um minuto. Então, virei de lado para retribuir seu olhar.

— Não — respondeu, por fim. — Não acho chato. Acho, na verdade, que em alguns momentos você não se permite ser interessante... mas, evidentemente, isso pode mudar.

Como é possível passar horas a fio todos os dias tentando de todas as maneiras descobrir quem você é, para de repente, com uma única frase, um quase estranho o descrever melhor do que você mesmo jamais seria capaz de fazer?

Ficamos ali deitados, olhando um para o outro, e isso nos fez sorrir.

Então, do nada, o nada frio que existe dentro de mim, peguei-me dizendo:

— Também gosto de você. De verdade. Gosto mesmo.

Existe algo profundamente íntimo em dizer a verdade em voz alta. Existe algo profundamente íntimo em ouvir a verdade. Existe algo profundamente íntimo em compartilhar a verdade, mesmo que você não entenda direito o que ela signifique.

E foi nesse momento que ele se aproximou e me beijou uma vez só, suavemente, como se tivesse lido com atenção o que eu precisava.

Aquilo quebrou o encanto. Não que eu tenha parado de me sentir feliz: continuava inexplicável e completamente feliz. Mas de uma hora pra outra, a felicidade adquiriu certas implicações.

Meu rosto deve ter denunciado aquilo.

— Eu não devia ter feito isso — disse Ely, com a voz um pouco trêmula.

— Não.

— Sério, eu não devia.

Ele se sentou, e eu fiquei ali deitado por mais alguns segundos, olhando para o espaço que ele tinha acabado de deixar vazio. Então, me sentei também. E me levantei. E me vi indo embora, sem que tivesse de fato decidido ir.

Ele continuou onde estava, mas se virou para me olhar quando cheguei à porta. Emiti ruídos que pareciam pedidos de desculpas por estar indo embora, e ele emitiu ruídos que pareciam dizer que entendia por que eu precisava ir.

Mas, antes que eu saísse, ele simplesmente disse:

— Eu quis.

E esperei até decidir de fato ir embora e retruquei:

— Eu também quis.

Então saí; pela porta do quarto dele, calçando os sapatos, apanhando minha jaqueta, depois pela porta da frente, passando em frente à porta da casa dela, descendo o elevador, saindo do prédio, decidindo atravessar ruas, decidindo esperar o sinal, decidindo colocar as mãos nos bolsos. Chegando à conclusão de que nenhuma dessas coisas tinha importância. Nenhuma dessas coisas mostrava quem eu era, apenas o que eu fiz.

A noite inteira, a manhã inteira, a tarde inteira agora... senti saudades de Ely, e senti saudades de Naomi. Senti saudades de como a vida era mais fácil há apenas 24 horas.

Penso muito nele.

Penso muito nela.

Mas penso mais nele.

"De verdade. Gosto mesmo."

Decido apanhar o celular pela primeira vez desde que fiquei assustado e fui embora. Decido não checar as três mensagens novas. Decido telefonar. Começar a enfrentar as implicações. Para, quem sabe, chegar mais perto da felicidade outra vez.

Só tenho que decidir para quem telefonar.

INSÔNIA

Tentei de tudo. Ambien, Lunesta, melatonina, contar carneiros, The Best of Johnny Carson: The 1970s, Charlie Rose: The Present, Charlie Daniels, MTV2, 4004-PUTASPRAVC, as obras completas de Dostoiévski, as obras completas de Nicholas Sparks, bater uma punheta daquelas, Jack Daniel's, Jackie Chan. Mas nada nem ninguém consegue me fazer dormir à noite.

Culpa de Naomi.

Ela tinha 7 anos. Eu, 5. Nossas mães tinham nos empurrado para dentro do elevador, mas na pausa de dois segundos que fizeram no corredor para destrocarem a correspondência que pegaram errado, a porta do elevador se fechou, e Naomi e eu ficamos ali dentro sozinhos. O elevador subiu. Naomi disse: "Quer ver minha calcinha?" Assenti. Ela levantou o vestido até a barriga. Vestia o mesmo tipo de calçola cor-de-rosa com renda de elástico na cintura que a minha irmã, Kelly, só que, em Naomi, parecia completamente diferente. Sedutora, em vez de idiota. Ainda consigo me lembrar do momento exato em que Naomi deixou o vestido cair novamente até os joelhos e me mostrou a língua. Porque meu coração, sabe, ele saltou para fora, e até hoje não voltou. Está com Naomi para todo o sempre.

Corta para dez anos depois, na primavera passada. Naomi e eu estamos novamente no mesmo elevador, só que agora mais altos, mais cheios de curvas (ela) e de pelos (eu). Não que naquele meio-tempo não tivéssemos nos encontrado com frequência, tanto na escola quanto no prédio, mas de alguma maneira, por motivos que o universo jamais se dignou a me explicar, dessa vez foi diferente. Naomi me olhou dos pés à cabeça quando o elevador subiu.

— Você deu uma bela encorpada, calourinho.

— Estou no segundo ano — corrigi, agradecido por já ter passado havia tempos pela fase da mudança de voz.

— Melhor ainda. Venha aqui, segundo aninho.

Aventurei-me a chegar mais perto dela, que cheirava a talco de bebê e xampu de menina bonita. Naomi veio na minha direção, com a cabeça inclinada e a boca levemente aberta. Pensei: "Não, o sonho erótico que acho que está prestes a acontecer não pode realmente estar prestes a acontecer." Quero dizer, não é como se eu nunca tivesse beijado uma menina antes. Afinal, quantas vezes eu já não tinha arrumado festas com verdade ou consequência só para tentar conseguir um contato daqueles com Naomi? Ah, se eu soubesse que a única coisa que precisava ter feito era me trancar num elevador e esperar por ela! Então, veio o contato. Aconteceu. Naomi me beijou; devagar, na boca, do 4º ao 14º andar, sugando minha alma para ela. Sua boca tinha gosto de quem havia acabado de comer um Snickers. Eu adoro Snickers.

34

Eu sei, eu sei, eu sei. Não devia me apaixonar por uma garota que brinca tão casualmente com os sentimentos dos outros, especificamente com os meus, mas minha mente não tem a capacidade de dominar o coração — e outras partes da minha anatomia. Sabe, o que as pessoas (e quando digo "pessoas", refiro-me a minha irmã, aos nossos amigos e à maioria do pessoal no Facebook) não entendem em relação a Naomi — exceto Ely, talvez; ele entende Naomi, mas eu odeio Ely, portanto a compreensão dele não conta — é que ela é muito mais do que essa sua maldade aparente. Não sabem que ela testa as balinhas de ursinho para mim, pressionando-as contra a embalagem de plástico para descobrir quais que estão mais frescas, do jeito que eu gosto. Não sabem que apesar dos beijos ardentes, dos símbolos e das mentiras, da obsessão em visitar e resenhar todos os Starbucks do Universo (embora nunca peça nem uma única bebida; simplesmente se joga na enorme poltrona roxa e fica esperando que algum cara ou garota se apaixone por ela), Naomi no fundo é uma menina bacana e simples. *Eu* sei disso. Sei que, apesar da imagem que aparenta ostentar, ♋ para ela significa permanecer vestido, conversando sobre filmes, vida e sonhos, fazendo cócegas nos dedos dos pés um do outro. *Eu* sei que sou e sempre serei Bruce, o Primeiro, para ela — em todos os sentidos. Bruce, o Segundo... você me faz rir! Faz um, dois, um milhão de anos que não estou com Naomi, desde que começou a sair com Bruce, o Segundo, mas tenho plena certeza de que quem vai rir por último será Bruce, o Primeiro. Ha!

O problema, segundo minha irmã, Kelly, não é que eu não consiga esquecer Naomi: é que me recuso a fazer isso.

Correto, senhorita! Amar Naomi e esperar que ela volte para mim não é uma obsessão, e sim uma missão particular. Uma tarefa. Acordar, pensar em Naomi. Ir para a escola, pensar em Naomi. Voltar para casa, jantar, fazer o dever de casa, pensar em Naomi. Alguns jogos de Xbox, algumas mensagens com quem estiver online enquanto penso em Naomi (exceto Ely — Bloqueado! Bloqueado! Bloqueado!), baixar uns vídeos pornôs com alguém que se parece com Naomi, tentar dormir. Contar carneirinhos-Naomi. Não conseguir dormir. Naomi Naomi Naomi.

Quando a insônia vence e não tenho Naomi fisicamente presente para me consolar — embora, acredite, ela esteja aqui de todas as outras maneiras — sei que posso contar com uma reunião emergencial da Sociedade Bruce para me ajudar a lidar com a noite. No saguão espaçoso de nosso prédio de cem apartamentos, os Bruces Abaixo da 14th Street se reúnem para passar as horas sombrias. Insônia? Grande coisa. Temos assuntos mais importantes para discutir; para ser mais específico, as Agruras de Ser um Bruce.

Nós somos:

- O Sr. McAllister, que alega se chamar Bruce, embora eu não imagine ninguém ousando chamá-lo por nenhum outro nome que não Sr. McAllister.
- Gabriel, o porteiro da noite, cujo nome do meio é Bruce (conferi esta informação na sua carteira de motorista).
- Uma das mães de Ely, Sue, que pode ou não ter sido casada com alguém chamado Bruce, certa vez. O

clubinho de fofoca das coroas fervilha de boatos a respeito disso.

- Pessoas aleatórias de bobeira no saguão durante a madrugada, entre uma leva de roupas e outra na lavanderia; todas Bruces em espírito.

- Bruce, a Chihuahua, também conhecida como "Docinho de coco" pela sua dona, a Sra. Loy, mas que foi renomeada pelos Bruces em espírito por ser eu, e não Naomi, quem a alimenta e a leva para passear quando a Sra. Loy viaja. Eu sou o "menino bonzinho" (engole essa, Ely canonizado de Naomi!) que usa a chave secreta guardada debaixo do capacho da Sra. Loy para bater bem de leve na porta do apartamento (alto o bastante para que a cadelinha ouça, mas não o suficiente para acordar a Sra. Loy), quando Docinho de coco-às-vezes-chamada-de-Bruce uiva pedindo um passeio de madrugada.

O problema da Sociedade Bruce é que quero conversar sobre ser um Bruce, enquanto os outros Bruces só querem falar da insônia. O que os insones não percebem é que quanto mais você fala sobre sua incapacidade de dormir, mais incapaz de dormir você fica. É como um problema matemático cuja solução se chama: Por que não simplesmente encarar a coisa de frente? Você está ferrado. Os outros membros, bem... questiono sua dedicação à Sociedade Bruce. Desconfio que se importam mais com suas noites sem dormir do que com o que realmente significa ser um Bruce. Pense bem, existe uma legião de ótimos Bruces por aí, que devíamos honrar e desejar imitar: Lenny, o comediante brilhante; o

Sr. Springsteen; o Mestre Lee; Robert, o Bruce, vulgo "Coração Valente". Por outro lado, também existem os Bruces que precisamos pensar seriamente em repudiar e riscar da nossa referida sociedade: Willis, Jenner, Hornsby.

Sue/Bruce nunca falha em esquivar-se da importância de ser um Bruce. Sempre me pergunta: "Querido, você já conversou com algum psiquiatra sobre seu problema para dormir? Parece tão cansado que fico preocupada. É novo demais para ter insônia. Daqui a pouco não vai ter que prestar os SATs? Você precisa resolver esse problema antes disso."

Não sei por que gosto tanto de Sue. Talvez porque não tenha sido ela quem forneceu o DNA para a equação Ely (acho que não), ou talvez porque não tenha sido ela quem causou a situação entre os pais de Naomi & Ely que colocou a administração predial no estado em que está. Quer dizer, uma coisa é você fazer 50 anos e passar pela crise de meia-idade como lésbica "flex"; mas bagunçar a situação imobiliária do vizinho já é outro nível. O consenso da Sociedade Bruce, nas sessões de fofoca insones no meio da madrugada em que Sue não está presente, é de que, se Ginny precisava tanto "experimentar" algo diferente, teria sido ótimo para os moradores do 15º andar se ela tivesse escolhido um homem que morasse, tipo, em outro prédio completamente diferente do nosso. E que fosse mais discreto do que o pai de Naomi. Com toda certeza, teríamos aprovado uma resolução em apoio a Sue, se a administração predial houvesse solicitado.

Como Sue/Bruce parece não fazer a menor ideia do que se passa, eu lhe digo:

— Gosto de não dormir. Dormir é um tempo que se gasta sem viver.

O Sr. McAllister, o Bruce, interrompe:

— Dezesseis anos é uma idade em que não vale a pena viver. A pessoa é idiota demais para saber das coisas. Li na *Marie Claire* que a apneia do sono está relacionada com...

Comprovado! Naomi jura de pés juntos que o Sr. McAllister rouba as revistas de moda que a sua mãe joga no lixo reciclável. Segundo Naomi, as modelos dessas revistas são como pornografia para velhos pães-duros demais para pagar por internet e obter pornografia do mesmo jeito que todo mundo.

Sue/Bruce ignora o Sr. McAllister/Bruce, como sempre, e dá um tapinha no meu ombro.

— Pensou melhor em que faculdade você quer estudar? Da última vez que conversamos, estava obcecado com a ideia de ir para universidades cujos reitores se chamam Bruce. Espero que eu tenha conseguido fazer você desistir disso.

Ela é tão legal, a Sue/Bruce.

— Conseguiu. Hoje mesmo, fiz novos planos. De manhã, vi no metrô o anúncio de uma faculdade chamada Universidade PoliTécnica. Segundo o slogan, é uma universidade para quem não é monopensador, e sim polipensador. Ou seja, deve ser a faculdade certa para mim.

— Então é isso que você é... um polipensador?

— Sim.

E o que mais eu poderia ser? Se fosse um monopensador, provavelmente não sofreria de insônia. Como é possível um polipensador adormecer, e, mais importante ainda, *continuar* adormecido, quando os pensamentos simplesmente não param de disparar! disparar! disparar! pela sua cabeça?

As luzes se apagam. "O que Naomi está fazendo neste momento? Será que está pelada?"

Enfio-me sob as cobertas. "Será que Bruce, o Segundo, já viu Naomi nua?"

Afofo o travesseiro. "Eu já vi Naomi nua."

Manobra de monomão. Santo Deus. Por que se dar ao trabalho de ver pornografia?

Jogo o lenço de papel embaixo da cama. "É verdade que ela não tirou a calcinha. E não me deixou tocar. Mas EU VI."

Viro para um lado. Viro para o outro. Tortura.

Um polipensador não tem outra escolha a não ser sair da cama, apanhar Docinho de coco e descer até o saguão do prédio para comparecer a mais uma reunião da Sociedade Bruce.

Morro de vontade de perguntar a Sue/Bruce: "Acha que Ely já viu Naomi nua?" Mas não pergunto. Porque tenho certeza de que sim. Caras gays ganham todos os benefícios sem precisar arcar com nenhum dos custos. É tão injusto.

Odeio o fato de que só vi Naomi nua porque no verão passado Ely estava namorando um garoto, e como Naomi odiava não ser a prioridade no tempo de Ely, ela me deu prioridade no seu próprio tempo. Então Ely deu um pé na bunda do cara, e Naomi me deu um pé na bunda.

Alguém devia, literalmente, dar um chute na bunda de *Ely*.

Naomi acabara de passar por aqui mesmo, descalça e carregando uma cesta de roupa suja, ou estou sonhando? Devo estar, porque ela, num microvestido preto sensacional, do tipo que usa quando sai para a balada com Ely, é a visão mais maravilhosa e extrema que um insone pode ter — e a maior injustiça desse mundo provavelmente deve ser o fato de Naomi não perceber que podia estar vestida de gari que Ely não lhe daria a atenção que ela queria.

O ponto alto das reuniões da Sociedade Bruce é quando Gabriel, o porteiro, percebe que não tem nada para fazer depois da meia-noite. Sai da portaria, vai até onde estamos e atira um baralho na mesinha de centro no meio dos sofás do saguão.

— Pôquer? — sugere, sentando-se conosco e embaralhando as cartas.

Nossos membros diligentemente sacam dos bolsos e colocam na mesa os cilindros de moedas de 25 centavos que usamos no lugar de fichas enquanto Gabriel dá as cartas. Desde que assumiu o turno noturno, em junho, acho justo dizer que Gabriel se tornou um cara bastante rico. Não sei que espécie de salário ganha um porteiro iniciante sem experiência prévia, mas, só com as moedas de 25 centavos que já ganhou de nós, Gabriel poderia facilmente pagar levas de roupa na lavanderia até a eternidade.

Sue/Bruce pergunta:

— Ainda estou esperando para saber quando é que *você*, Gabriel, planeja ir para a faculdade. Sei que não queria emendar a escola com a universidade, mas quantos anos você tem agora? Dezenove? Quase 20? Está na hora, filho. Ficarei muito feliz em escrever uma carta de recomendação para você. Por quais universidades se interessa? Já ouviu falar na Vassar?

Como se não estivesse na cara que Ely convencera a mãe a usar a Vassar como isca gay para Gabriel. *Vassar.* Tá bom. Um machão como Gabriel? Ele não é *nada* gay, Ely. Vai sonhando. Exatamente como eu sonho com você mergulhado num tonel de vinagre por tempo suficiente para que o fedor grude pra sempre em sua pele e Naomi não consiga mais suportar ficar por perto. Gambá.

— Sei lá.

Gabriel dá de ombros.

Sei lá? Sei lá! Esse Bruce sabe das coisas. Caso resolvido: Gabriel, o porteiro, você de agora em diante está proclamado um heterossexual. Vou querer uma Michelob, a cerveja de macho, também, cara. Ou então, sabe outra coisa que pode funcionar? Aquela cerveja que vem com uma gostosa de roupa alemã, com os seios saltando para fora do decote quando ela nos entrega as brejas. É isso aí.

Naomi ficaria linda de gostosa alemã. Aposto que não usaria calcinha por baixo da roupa.

A chihuahua late no meu colo, e acredite, meu colo fica aliviado com essa distração. Abanando a cauda e soltando um ganido de filhotinho, Docinho de coco indica a porta do saguão, onde uma nova pessoa acaba de chegar. Todos nós olhamos para ver quem é o motivo da distração.

Bruce, o Segundo, está na porta do saguão. Parece tão cansado quanto eu não me sinto. Destruído. Ou talvez seja assim que eu queira enxergá-lo. Na verdade, ele parece o Bruce, o Segundo, de sempre; com a diferença de que agora aparenta estar tão confuso quanto já era imbecil. Gabriel Bruce, o Porteiro, pergunta para ele:

— Com quem deseja falar?

É como se houvesse uma conexão mediúnica entre Docinho de coco e eu, pois tenho certeza de que seu latido incessante na verdade é um código secreto que significa:

"Vá até ali dar uma olhada, *papi*. Quer dizer que não sabe o que aconteceu?"

— Não tenho certeza — responde Bruce, o Segundo, nervoso, mexendo no celular em sua mão.

O quê? Todo mundo sabe que às onze da noite a mãe de Naomi já está apagada; e o inferno não conhece fúria maior que a de uma divorciada sob o efeito de antidepressivos sendo acordada pela campainha ou pelo toque do celular da filha. Quem mais o outro Bruce poderia ter vindo ver?

Definitivamente, não vou dormir até descobrir o que aconteceu.

CHAVE

São 00h08 e estou lindo. Quer dizer, deveria mesmo estar lindo, já que passei uma hora me esforçando para isso. Como Naomi sempre diz, *eu* treparia comigo. Claro que sempre digo a ela: "Bom, que ótimo que você treparia com você mesma, porque eu é que não vou." Ela adora quando digo isso. A-*do-ra*.

A campainha está tocando, e não consigo acreditar que essa vaca escolheu justamente esta noite, dentre todas as outras, para chegar só oito minutos atrasada. Se eu soubesse que ela se atrasaria tão pouco, teria dito para chegar só meia-noite e meia. Então, a ficha cai: provavelmente só veio apanhar alguma coisa emprestada. Naomi jamais ficaria pronta antes da uma.

Abro a porta, e é Bruce, o Segundo.

— Estava passando aqui por perto — explica-se.

— Não estava, não — retruco, de brincadeira.

Ele olha para os pés, envergonhado.

Merda.

— Bom, fico feliz que não estivesse só passando aqui por perto. Entre.

Tenho a impressão de que Naomi vai abrir a porta da sua casa a qualquer momento, e não quero que isso aconteça.

Não é que tenha recebido mal a notícia. Contei a ela: "Olha, eu beijei Bruce, o Segundo." E ela só falou: "Ah, beleza." Depois acrescentou: "Espero que você tenha se divertido mais com ele do que eu."

Fiquei de boca fechada. Não falei: "É, provavelmente me diverti mesmo." Em vez disso, comentei que ela nunca tinha colocado Bruce, o Segundo, na Lista do não beijo.

E ela: "Bom, também não me dei ao trabalho de colocar sua avó na lista. Algumas coisas simplesmente são óbvias. Bruce, o Segundo, não é exatamente o seu tipo."

Disse que ela estava certa. Porque estava mesmo. Está. Ele não é nem um pouco meu tipo.

Embora ultimamente, devo admitir, eu ande com a impressão de que meu tipo é uma merda completa.

É a *Seventeen* que está me colocando para baixo, sabe. Naomi e eu. Juro: fazemos os testes daquela revista como se tivessem sido preparados pelo Conselho Universitário. *Quando o cara que você gosta a acompanha até o carro, ele: (a) dá a volta e abre a porta para você; (b) entra no carro e depois se estica para destrancar sua porta; (c) coloca você no porta-malas; (d) faz você sentar no banco de trás e diz: "Vá tirando as roupas que volto em um segundo."?* Naomi e eu nunca ficamos satisfeitos com as respostas, assim como nunca ficamos satisfeitos com o tipo de cara nas fotos da *Seventeen*: são todos tão ridículos naqueles bermudões que fica claro que são filhos ou sobrinhos do editor executivo da revista. Acabamos reinventando os testes um para o outro — *O encontro ideal seria embaixo d'água ou em um mar de lava?* — e o prêmio no final é sempre um jantar para dois em qualquer restaurante que estiver no caminho. Frequentemente fazemos os testes um pelo outro, e quase sempre acertamos o que o outro diria.

Exceto pelo Teste do Bruce, o Segundo, quando ela me perguntou: *Você preferiria sair com: (a) uma ex-Primeira Dama; (b) gorilas sob a névoa; (c) uma mulher que se parecesse com Stephen King ou (d) um futuro contador,* e eu respondi (b). Mas quem está na porta da minha casa agora não são os gorilas, não é mesmo?

Levo Bruce, o Segundo até a sala. Ele se senta no sofá. Ofereço-lhe uma bebida. E depois me dou conta de que, opa, espere aí, estamos voltando à cena do crime, não? Só que não era a intenção; não a minha. E não me parece ser a dele também: age como se não tivesse a mais vaga ideia do que está fazendo.

— Tem certeza de que não que beber nada? — ofereço.

— Já tomei dois drinques.

Na verdade foram três, mas, como dois deles não tinham nem metade do teor alcoólico do terceiro, imagino que a conta total feche em dois. Em geral, preciso de pelo menos quatro drinques para começar a achar que a vida é um musical, e no mínimo cinco para começar a achar que a vida é um musical anos 70. É um hábito muito caro, a menos que seu paladar não seja muito refinado.

— Bruce? — chamo, porque ele ficou tão expressivo quanto o sofá onde está sentado. Que, por acaso, é bege floral. *Super* lésbico.

Meu Deus, eu não devia ter beijado esse cara. Mas, meu Deus, se o Senhor não quisesse que eu o beijasse, por que o colocou no meu quarto daquele jeito?

— Desculpe — diz Bruce, virando o rosto novamente, então parece que está pedindo desculpas para a parede.

— Pelo quê? — É uma pergunta sincera, realmente não faço ideia.

— Por aparecer aqui assim, tão tarde. Por querer ver você.

— Não tem problema — conforto-o. — Já estava de saída mesmo, você não me acordou nem nada.

Ignoro a parte do "querer ver você", porque, sinceramente, isso disparou o Alarme de Carência na minha cabeça.

A campainha toca outra vez, e ouço Naomi arranhar a porta e gritar: "Me deixe entrar!" Não está nem aí se minhas mães estão em casa ou não: uma delas adora Naomi, e a outra está em dívida com ela. Convenientemente, Naomi perdeu sua cópia da chave do meu apartamento meses atrás, quando discutimos se eu tinha ou não agido errado em dar um suéter dela para um cara que eu queria levar para a cama. Ela atirou a chave em mim, e eu a guardei. Quatro dias depois, ela me pediu a chave de volta, depois que eu já tinha roubado o maldito suéter do cara, imaginando que ele colocaria a culpa no rapaz peludo com quem divide apartamento. Não devolvi nem o suéter nem a chave, pois precisava ensinar a Naomi a nunca mais atirar uma chave em mim. Com sua mira e a minha sorte, ela poderia acabar furando meus dois olhos.

— Vem cá — digo a Bruce, então seguro sua mão e o puxo de volta para meu quarto.

Ele parece se lembrar do caminho que fez ontem. Minha ideia é deixá-lo ali por alguns minutos, mas então tenho uma daquelas revelações brilhantes que berram: *Você. É. Um. Imbecil.* Sim, porque Naomi não vai vir aqui sem entrar no meu quarto para procurar alguma coisa.

Portanto, mando Bruce entrar no armário. Ele obedece, e quando olho para a porta fechada, penso: "Acabei mesmo de dizer para Bruce entrar no armário? Isso é tão óbvio, em todos os sentidos."

Naomi está agindo como se a porta do meu apartamento estivesse estrelando a parte sete de *Jogos Mortais*, e sei que esse ataque não será nada em comparação com a enchente de perguntas que serei obrigado a enfrentar se não abrir a porta nos próximos treze nanossegundos.

— Onde você estava, porra? — pergunta ela assim que entra.

— Estava batendo uma punheta, mas você me deu um susto tão grande que deixei sua foto cair na privada. Calma. Você está agindo como se estivesse naqueles dias e eu fosse a Opep dos absorventes.

O visual dela está ótimo, mas ainda inacabado. Perscruto-a de cima abaixo, enquanto ela segue com o interrogatório. Nenhum de nós precisa de espelho quando o outro está por perto.

— Essa aí é minha pulseira? Você já está pronto? Por que não veio atender a porta? Quando vai me devolver a chave?

Isso é tudo patético, pois qualquer garoto gay que honre seus singles da Madonna saberia na hora que ela veio pegar um cinto emprestado. Naomi odeia odeia odeia o fato de vestirmos o mesmo número de calça jeans, mas isso não a impede de tratar minhas roupas como se pertencessem a ela.

— Vou usar a vermelha — explico. — Sei que estou usando essa agora, mas estava prestes a trocar pela vermelha.

— Vá se foder. Você está lindo, e sabe muito bem disso. Só está falando que vai usar a vermelha para me fazer esquecer aquele seu cinto com glitter que só falta dizer lamba-meu-quadril-com-suas-mãos. Mas já vou avisando uma coisa: esta noite, aquela gracinha vai dar um trato é nesta cintura aqui.

Nem adianta discutir, principalmente porque hoje ela vai pagar todos os meus drinques, quer ela saiba disso (*ooooooh*, que fofos os olhinhos de cachorro pidão de Ely!) ou não (essa magrela idiota ainda odeia tanto usar bolsas que pede para que eu fique segurando sua carteira).

Ela invade meu quarto, e juro que consigo ouvir o armário respirando. Péssima escolha péssima escolha péssima escolha.

— Aqui — digo, agradecendo a Deus por ser tão ocupado que nunca chego a guardar as roupas usadas que jogo na cadeira.

Estendo o cinto de glitter para Naomi.

— Fica melhor em mim — comento.

— Só quando está te amarrando na cabeceira da cama — dispara ela em resposta.

Naomi fala como uma verdadeira ignorante, e é isso que eu adoro na minha garota.

— Pronta?

— Você se importa se Bruce for junto? — pergunta Naomi. Eu obviamente recuo, porque ela ri e acrescenta: — Que foi? Ele está lá embaixo. Eu precisava de calcinhas e sutiãs limpos, aí dei um pulinho na lavanderia e ele estava no saguão, com o clube da insônia.

Fico extremamente confuso.

— Bruce, o Primeiro — explica Naomi. — Não a sua pegaçãozinha barata. Juro que se ele não tivesse dentes tão bonitos eu deixaria você foder com a cabeça dele por mais algum tempo.

— Isso não é justo — deixo escapar.

As palavras saem da minha boca antes que eu possa pensar: "Não diga isso, seu otário."

— Espera aí. — Naomi para bem na frente do armário. — *Você* pega o *meu* namorado, e quem não está sendo justa sou *eu*? Até uma criança de 2 anos chapada de anfetamina veria que há algo errado aqui.

— Eu quis dizer "justo" no sentido de "não tenho a menor ideia do que estou falando".

— Ah, saquei. Acho que preciso da sua jaqueta de couro para compensar.

Ela estende a mão para abrir o armário, e eu faço a única coisa que consigo pensar para impedi-la.

— Tudo bem, se quiser parecer uma balofa.

Bingo.

— Você acha que aquela jaqueta me deixa balofa? — Naomi parece genuinamente magoada.

— Querida, aquela merda faz com que *até eu* pareça balofo. Por que acha que quase não tenho usado? Estou querendo devolvê-la para a vaca. Porque pelo menos a vaca foi feita para parecer uma vaca.

— OK — diz, olhando-se no espelho mais uma vez. — Vamos nessa.

Desligo a luz quando saio do quarto, já que sempre faço isso e não quero dar a impressão de que existe algo fora do normal. Somente quando estamos no corredor entre nossos apartamentos é que exclamo:

— Puta que o pariu!

— Que foi? — indaga Naomi.

— Esqueci uma coisa. Volto já.

— O que você esqueceu?

— Meu pau, tá bom? Como eu posso sair de casa sem meu pau? Já volto.

Fecho a porta antes que ela possa dizer qualquer outra coisa, então corro de volta até o quarto, abro a porta do armário e vejo Bruce Segundo parado ali, no escuro.

— Quero que você fique — afirmo. — Volto assim que puder.

Ele assente, mas não parece nem um pouco feliz.

Imagino porque.

— Você não é uma pegaçãozinha barata, e isso não é nenhum jogo para ferrar sua cabeça — digo a ele.

Não sei *o que* é, mas sei que pelo menos não é nenhuma dessas coisas.

Ele adentra a escuridão do meu quarto, então toca meu ombro. Um toque tão sincero; sinto tanta vontade de beijá-lo.

— Prometo que não vou demorar — afirmo.

— Pode ir. Espero você aqui.

Estou quase saindo quando ele diz:

— Chiclete.

— O quê?

Ele me atira uma embalagem de chiclete Orbit.

— Diga que você voltou para pegar chiclete.

51

— Valeu.

Hmm, eu poderia me adaptar a um cara que sabe como arrumar um álibi.

Volto para o corredor. Naomi está me esperando no elevador. Não tenho dúvida alguma de que ela ficou segurando a porta para mim todo esse tempo. Espanto-me pela milionésima vez ao perceber como ela é linda. Adoro isso, pois meu amor por ela não tem absolutamente nada a ver com a sua beleza. Amo Naomi porque ela segura o elevador para mim mesmo quando descer sozinha faria muito mais sentido. Amo Naomi porque se ela vê uma camisa que sabe que vai combinar com meus olhos, compra para mim, mesmo que esteja sem grana. Amo Naomi porque quando sinto vontade de enfiar a cabeça no forno, ela gentilmente a retira de lá e assa uns cookies para mim. Amo Naomi porque ela tem a boca suja de um marinheiro, e sem dúvida aprenderia a navegar como um marinheiro também, caso resolvesse se dedicar a isso. Amo Naomi porque ela sente que deveria dizer sempre a verdade, embora nem sempre faça isso. Amo Naomi porque não preciso amá-la o tempo inteiro.

— Pegou seu pau?

— O que você tem com isso? — retruco.

Ela bufa, então aperta o botão do saguão e diz:

— Só sei que é melhor que essa festa seja boa. Se não for, pode começar a rezar.

Sinto-me desleal. Enquanto o elevador desce, sinto como se estivesse me afastando em vez de indo em direção a alguma coisa. O amor que sinto por Naomi é do tipo compreensível, mas sinto necessidade de voltar para aquilo que não consigo compreender totalmente.

Ele daria a volta e abriria a porta do carro para mim, não é?

Não posso deixar Naomi saber o que estou pensando.

Este é um terreno muito traiçoeiro.

ORBIT

— E você, Naomi, pegou o *seu* pau? — Ely dá um sorriso de deboche enquanto o elevador desce.

— Se eu tivesse pegado, teria alguma chance com você?

Ele se acha muito gato com esse cinto vermelho, mas só fica parecendo balofo. Balofo e vermelho incandescente. Uma combinação *muito* trágica para um gay.

— Negativo — responde Ely, então vem em minha direção, projetando seu peito sobre o meu, depois inclina a cabeça como se fosse me beijar. Seus lábios estão quase tocando os meus quando sua mão surge entre nossas bocas. — Chiclete? — oferece, girando uma embalagem entre os dedos.

Como se um chiclete qualquer pudesse superar o cheiro de 🍸 de Ely no fim da noite. Ele diz que só tomou um, mas seu hálito indica que foram no mínimo três.

Um pedacinho de azeitona está alojado entre seus dois dentes da frente, fazendo seu rosto ficar quase feio. Se Ely chegar mais perto de mim, a fricção entre seu sorriso e minha ansiedade seria como uma 💣 prestes a explodir.

Sei que há um 🌍 horrível lá fora — cheio de guerras, injustiça, aquecimento global e toda essa esperança da humanidade —, mas, foi mal, eu me importo muito mais com a ⸢bolha⸥ entre Naomi & Ely. É o que me fez chegar aonde cheguei na vida. Ela não explode, como todo o resto ao redor.

Coloco o dedo indicador dentro da boca, para que ele saiba da azeitona. Imediatamente, Ely lambe os dentes e a retira.

Dez... nove... oito...

Ele já está tão perto... por que não ir em frente?

— Tempo? — provoco, fazendo referência a nossos ocasionais beijos-sem-mão-boba-que-não-significam-nada--além-de-amor-platônico-entre-grandes-amigos e que não contam na vida real. (Os pedidos de tempo só acontecem quando estamos bêbados ou entediados, coisas que, por acaso, parecem sempre vir de mãos dadas, ou de bocas dadas, no caso.)

— Você só está interessada em meu chiclete — alfineta ele. — Como vou saber se vai continuar me respeitando pela manhã?

Ele recua, dançando de brincadeira ao meu redor.

Alarme falso. Menti. Não existe 💣 nenhuma, e Ely não está parecendo balofo nem vermelho incandescente. Está parecendo simplesmente Ely. Não é gostoso como Gabriel; é Ely. Fofo. A primeira pessoa em quem penso quando acordo de manhã, e a última que espero ver quando caio no sono à noite. A única que é tão parte de mim quanto eu mesma.

Talvez eu seja individualista. Não tenho muita certeza do que é um individualista, mas neste momento adoraria qualquer rótulo que pudesse classificar exatamente o que Ely e eu representamos. Um para o outro.

Quer dizer, sei que sabemos. Mas será que sabemos *mesmo*?

A versão individualista de nós dois destila Naomi & Ely em duas partes do mesmo todo. Minha mãe e as mães dele já me 🔊 milhões de vezes que preferência sexual não é escolha, mas, quando Ely se aproxima desse jeito, me provocando; quando fica assim tão perto, sem me tocar, embora eu consiga *senti-lo* — aqui em cima, ali embaixo, em cada centímetro da minha pele —, é como se eu fosse incapaz de 👂, porque, não importa o que qualquer um diga, tenho a impressão de que *ele* fez essa escolha por *mim:*

Naomi   Ely

Quando tínhamos 13 anos e estávamos aprendendo a beijar usando um ao outro como cobaia, ser gay não era sequer uma questão. Tudo parecia tão natural, gostoso e certo. Não havia nenhum muro entre nós, porque era tão óbvio que estávamos destinados a compartilhar aquela primeira experiência. Os lábios dele não me pareciam *gays* naquela época; então, por que pareceriam agora? Só porque Ely sente atração por garotos não significa que não possa fazer um esforço para transformar nossa fusão mental em uma fusão corporal. Eu me recuso a acreditar na possibilidade de que ele não queira, em algum nível, fazer isso também, ainda que nem saiba disso.

Ou talvez, como diz minha amiga estepe Robin, eu conheça Ely há tanto tempo e tão bem que meus olhos só enxergam aquilo que meu coração projeta.

Preciso passar mais tempo com outras garotas.

A porta do elevador se abre.

Ely coloca um chiclete na palma da minha mão quando chegamos ao saguão, e eu congelo.

Bruce, o Segundo, tem mesmo lindos dentes; brilhantes, brancos e perfeitamente alinhados, quase obras de arte. Essa arte não é nenhum acaso. Seus pais são dentistas. Parece que são donos de todas as bocas da elite do trecho Ronkonkoma da linha de trens de Long Island. E seu filho pródigo só masca chiclete sem açúcar. Bruce, o Segundo, é um cara que só masca Orbit. Já Ely é viciado em Dentyne.

— Desde quando você gosta de Orbit? — pergunto, e não abro o chiclete.

Em vez disso, saco um Tic Tac do meu próprio estoque e jogo-o na boca.

— Desde que Madonna começou a escrever livros infantis. Que importância tem?

Afasto-me dele, resistindo ao impulso de atirá-lo contra a parede. Naomi ☠ saia, saia, saia já de onde estiver.

Tem importância porque, hum, ah, é mesmo, BRUCE, O SEGUNDO, É MEU NAMORADO! Ou era. Ou algo do gênero. Quer dizer, acho que não me importo se Bruce está ou não prestes a deixar de ser meu namorado; a menos que já não seja mais, e que para nós isso importe tão pouco que nem tenhamos nos dado ao trabalho de romper oficialmente. Eu me importo é com o fato de meu melhor amigo ter sido o motivo disso. Tudo bem, talvez quando Ely confessou ter beijado Bruce, o Segundo, eu tenha dito "beleza, tanto faz", mas essa indiferença era puro fingimento. Da mesma forma que quando Ely diz "que bom que vai trepar com você mesma, porque eu é que não vou", eu rio. São indiferenças fingidas apenas para esconder minha mágoa.

Para ficar na órbita de Ely, é preciso fazer algumas escolhas. *Sim, Ely, você realmente tem chances com Heath Ledger. Não, Ely, ninguém acha que você é um imbecil quando cai bêbado no asfalto e seus amigos precisam te carregar até em casa. Você é maneiro, maneiro, MANEIRO! Ely, é claro que estou brincando quando digo que quero transar com você. Por que iria querer arruinar nossa amizade desse jeito?* É preciso escolher deixar que Ely acredite em sua própria versão fantasiosa da realidade, pelo bem de Naomi & Ely.

Vá se foder, Ely, por me fazer entrar na sua 🕸 apenas para preservar nossa amizade.

Mas, e se eu pulasse fora, para onde iria? O que restaria? Ely pode tecer e atirar sua teia em outros caras tanto quanto quiser, desde que me conserve no seu cen◉tro. Como sua rainha.

Não acredito que eu esteja realmente forçando essa barra.

— Por que você voltou para o seu apartamento, sério? — pergunto a ele. — Porque vi seu pau aqui fora antes disso, e o Pauzinho estava dizendo: "Hmm, gata, você e eu vamos nos divertir muito no Ducky esta noite."

— Para pegar chiclete — responde Ely.

Bingo.

Eu minto o tempo todo, mas odeio quando mentem para mim.

🎧 🎧 🎧

Se pelo menos Bruce, o Segundo, fosse um cara que masca Wrigley's e não Orbit! Quatro em cinco dentistas garantem que seus filhos que mascam Wrigley's serão hétero; há grandes chances de que três em cinco dentistas pelo menos assegurarem a uma garota hétero que seus filhos continuarão no armário, seu devido lugar, até que descubram de fato sua orientação sexual. Não há necessidade de colocar os nomes desses filhos em uma Lista do não beijo™.

Bruce Que Não É Mais Meu Namorado não tem noção do risco que está correndo. Meio que sinto pena dele. Provavelmente não faz a mínima ideia de que, quando se trata de caçar garotos, Ely adora a caça, mas não está nem aí para a presa. E não vou ser eu que vou avisar isso a Bruce. ❶ dia, na linha ❶ do metrô, tentei avisar a Bruce, ❷, sobre mim, mas acabamos dando uns amassos. Eu diria que a química entre nós era 🍖. Que Bruce descubra sozinho como Ely é. Boa sorte para ele.

Continue andando, Naomi. Não reaja. Não entregue o jogo.

Quando nos aproximamos dos sofás do saguão, onde o clube da insônia se reúne, me olho no espelho. Meu Deus, eu *realmente* sou linda. Que desperdício Ely nem notar; pelo menos não do jeito Uau-Naomi-está-me--deixando-de-pau-duro-de-tão-gostosa, somente do jeito Uau-esse-salto-que-escolhi-para-Naomi-ficou-perfeito--com-o-vestido-dela. É verdade: meu vestidinho preto só fica sensacional neste corpinho porque minha cintura está usando o cinto *dele*. Se meu rosto resplandece, o brilho é por ter Ely ao meu lado.

Ele deve ter razão. O máximo que vou conseguir é trepar comigo mesma. Na verdade, já tentei isso, mas masturbação acaba sendo algo que toma tempo demais e não rende resultados tão satisfatórios. Ou talvez, eu é que não estou fazendo direito. Minha ética profissional sempre deixou a desejar.

Nunca entendi por que ser bonita precisa estar relacionado a sexo e conquista. O que aconteceu com a expectativa, o cortejo e o amor? Será que não se pode ser bonita e não querer nada com isso? Podem dizer que sou antiquada, mas estou esperando pelo amor verdadeiro. Ainda que não passe de uma fantasia inatingível.

Não vou cometer o erro de deixar a beleza (nem a minha nem a dele) orientar minha atração por homem nenhum. Essa palhaçada de "amor à primeira vista" não funciona. Meu pai viu a foto da minha mãe numa revista e se apaixonou por ela antes mesmo de conhecê-la. Quando eu era pequena, ele passava mais tempo fotografando minha mãe do que as imagens que deveriam pagar nossas contas. Mas seu apego à aparência dela tinha validade: um dia ele acabou trocando o mito da beleza pela lésbica bastante real que morava do outro lado do corredor. Até mesmo quis deixar minha mãe para ficar com ela, mas então a lésbica o lembrou que, afinal, era lésbica, e meu pai simplesmente foi embora, deixando à minha mãe a decisão de esconder sua beleza embaixo das cobertas.

Não acho que o fato de papai ter escolhido uma lésbica tenha sido o que mais arruinou o senso de feminilidade da minha mãe. Acho que foi ver seu casamento ser destruído por uma mulher que considerava "amiga".

Os jogadores de pôquer interrompem o jogo quando chegamos na área do saguão. Paramos ao mesmo tempo para admirar Gabriel em silêncio, enquanto ele dá as cartas aos insones. Sim, eu pegaria *ele* — e quem não pegaria? —, mas o cara ocupa o segundo lugar da Lista do não beijo™, e EU CONHEÇO OS LIMITES.

Sue reconhece a encrenca quando está diante dela.

— Naomi, sua mãe sabe que está saindo tão tarde? — Desconfio de que a verdadeira preocupação de Sue seja minha roupa, e não o horário.

— Sabe — minto.

Minha mãe já desmaiara no torpor farmacêutico em que se encontra desde que meu pai a abandonara. O médico finalmente tinha cortado seu suprimento de remédio para dormir, mas Bruce, o Primeiro, não sabia disso quando lhe deu seu estoque pessoal em troca de que ela lavasse suas roupas, depois que a irmã dele fez greve e mandou que parasse de ser um bebezinho e aprendesse a lavar as próprias roupas.

Também lavo as roupas da minha mãe agora. Não ligo. Ela é muito boa em separar as brancas das coloridas. No entanto, não importa quantas levas de roupa eu lave, nem quantos jantares prepare, quantas noites passe encolhida ao seu lado na cama: não consigo aliviar sua depressão. Gostaria de ser a filha exemplar capaz de fazer isso.

O Sr. McAllister se levanta do sofá de couro, com a *Vogue* do mês passado nas mãos. Tarado.

— Boa noite a todos — despede-se, fazendo uma reverência antes de entrar no elevador.

— Espere! — grito.

A porta do elevador volta a se abrir, então me viro para Ely.

— Tem certeza de que não esqueceu mais nada no seu apartamento?

Ele parece tão culpado. Tenho tanta vontade de odiá-lo.

— Tipo o quê?

— Tipo suas bolas, para acompanhar seu pau?

— Olha essa língua, mocinha! — repreende Sue, fazendo um gesto na direção do doce Bruce, o Primeiro, que está com o chihuahua da Sra. Loy no colo.

Ah, os garotos do colégio. Tão inocentes, tão puros. Tão patéticos e, ao mesmo tempo, tão irresistíveis. Parte meu coração partir o coração dele. Isso me mata.

Bem, enfim. Distração, muito obrigada *mesmo* por estar sentada no saguão no meio da noite. Não, não estou falando *dessa* distração. Gabriel é da liga principal, e posso até não parecer, mas continuo no time reserva. Atenção, batedor reserva Bruce, o Primeiro, por favor, assuma sua posição.

Ely que compre seus próprios malditos drinques hoje. Uma garota bonita como eu não deveria ser tão □. Já está na hora de mudar e baixar a guarda. Por que a □ não poderia ser um ♦ ou qualquer^{coisa} ou qualquer^{l} que me ajude a escapar da mentira do ◎?

— Do que está falando, Naomi? — pergunta Ely.

— Vocês vêm ou não? — berra o Sr. McAllister de dentro do elevador.

— Não! — retruca Ely, e a porta do elevador se fecha.

Minha boca se abre, em um gesto de sinceridade... vencida há muito tempo.

— Estou falando que espero que você se divirta muito esta noite com seja lá o que for que não quer me contar, pois acabei de mudar de ideia. Coisa de mulher. Venha, Bruce. Vamos levar Docinho bonzinho para dar uma volta. Você e eu. Não quero mais ir a essa festa idiota da NYU com você, Ely.

Foram as festas idiotas da NYU que nos colocaram nessa situação, pra começar. No outono passado, em nosso primeiro semestre na NYU, fomos a uma festa no alojamento de Robin. Ely e eu fomos a sensação do grupo *High School Musical*, que cantava e fumava num *bong* ao mesmo tempo, quando interpretamos juntos "Breaking Free". Nossa coreografia estava bem-ensaiada: na primavera anterior tínhamos ficado com os papéis principais no musical do último ano da escola, eu como Troy e Ely como Gabriella. Mas, naquela noite, enquanto eu dançava e cantava a parte de Troy, "We're breaking free!", e Ely, fazendo a Gabriella, deveria rodopiar e cantar "We're soaring!" para depois cantarmos juntos "Flying!", ele do nada simplesmente saiu voando em vez de cantar. Algum cara parecido de verdade com o Troy do filme havia chamado sua atenção, exigindo foco total.

As pessoas acham que a beleza é uma bênção, mas às vezes não é; como nas festas de faculdade, quando seu melhor amigo gay te abandona por causa de um cara bonitinho e todos os outros garotos se sentem intimidados demais para vir puxar conversa. Foi então que Bruce, o Segundo, apareceu. Mais tarde, contou que achava que não tinha a menor chance com uma garota como eu, então pensou: por que não tentar conversar com ela? Virar seu amigo? Sentou-se ao meu lado enquanto eu remoía o abandono de Ely.

— Sabe, as pessoas acham que Ginger Roberts era a parceira de dança preferida de Fred Astaire, mas não é verdade. Ele sempre disse que sua favorita era Rita Hayworth.

Eu devia estar muito bêbada para não ter sacado a metáfora no ato.

— Sempre achei que a favorita dele fosse Cyd Charisse — comentei, com a língua enrolada.

Nunca tinha visto nenhum filme de Fred Astaire; estava apenas repetindo algo que minha avó dissera certa vez. Isso não me impediu de continuar falando com Bruce sobre o assunto Fred/Ginger/Rita/Cyd — e quem diabo é Gene Kelly, aliás? — durante, sei lá, uns quinze minutos. Então, não consegui mais suportar. Que papo chato. Agarrei aquele Bruce; era hora de uma pegação para me distrair.

O que posso dizer? Gostei de Bruce, o Segundo, estudante de contabilidade. Ele se transformou num namorado fácil. Sem pressões. Sem expectativas. Estava sempre à disposição quando Ely não estava.

E sei que deveria estar puta com Ely agora, me perguntando se não fui apenas a curva do aprendizado gay de Bruce, o Segundo. Mas, mesmo agora, quando estou prestes a dar o fora com Bruce, o Primeiro, na verdade o que sinto é: *Por favor, Bruce, o Segundo, por favor. Não roube Ely de mim.*

— Você só pode estar brincando — diz Ely. — Até mesmo para os seus padrões, Naomi, isso é ultrajante. Vai mesmo ficar aí, vestindo meu cinto e me dizendo que prefere sair com Bruce, o Primeiro, e esse cachorro imbecil?

A outra parte de mim está pensando: *Volte para o seu apartamento, Ely. Vá se foder e desapareça. Descubra o que está procurando, que obviamente não sou eu. Queria que você fosse o primeiro, Ely, mas você riu de mim. Segurei Bruce, o Segundo, quando ele tentou ser o primeiro, não só porque eu não tinha certeza se ele só queria transar comigo para provar a si mesmo que podia, mas porque eu desejava que minha primeira vez fosse especial. Com alguém que amo, e não com alguém de quem gosto. Não significaria que você deixaria de ser gay, nem que estou apaixonada por você. Nem tampouco que seria uma forma de me vingar de Ginny, por saber que a única coisa que ela odiaria mais do que você transando com uma garota seria você transando com uma garota que, por acaso, é parente do meu pai.*

— É — respondo para Ely, torcendo para que as palavras soem como um tapa. — E pare de xingar na frente das crianças. — Não acredito que estamos tendo uma discussão tão ridícula. Não acredito que estou prolongando-a ainda mais. — E como você sabe que Docinho bonzinho é imbecil? Por acaso existe algum teste de QI para chihua...

— É Docinho de coco, e não bonzinho — interrompe Bruce, o Primeiro.

Ele salta da poltrona e o cachorro late, abanando a cauda, ansiosa para passear lá fora.

Bruce, o Primeiro. *Primeiro*. Vou dar a esse garoto uma excelente noite. E não vai ser nenhum passatempo superficial envolvendo apenas coquetéis cor-de-rosa, garotos bonitos e sexo. Esta noite não vai ter festa nenhuma, não vai ter bebedeira nem dança ritualística ao som de Madonna e Kylie Minogue (como se eu gostasse delas!), e não vai ter nenhuma aventura de Naomi & Ely. Em vez disso, vou levar Bruce e esse cachorro a algum outro lugar. Não sei aonde ainda, mas a algum lugar bacana e decente. Talvez um grupo de estudos da Bíblia para pessoas insones. Ou para andar de patins numa balada para menores de idade. Talvez para o alojamento da minha amiga Robin para jogarmos Imagem & Ação. Vamos agir de acordo com a média da nossa idade — e não com nossa idade metida e sofisticada de Manhattan.

Essa cidade é tão rápida. Ely é tão rápido. As batidas do meu coração são tão rápidas. Quero desacelerar.

— Só para deixar claro para nós dois a posição que está assumindo, Naomi, vou lhe perguntar isso mais uma vez, e só mais uma vez. Você *realmente* não quer mais sair comigo esta noite? Ou está mentindo?

— Não. — Estou mentindo. Em relação a quê, não tenho certeza.

De uma coisa tenho absoluta certeza. Afaste-se, Donnie Weisberg, seja lá onde você esteja, e abra caminho para um novo nome na Lista do não beijo™: Ely.

O vencedor, como sempre.

ELY

DESMORONAMENTO

É a última vez em que ofereço chiclete para ela; pode ter certeza.

Ali estava eu, achando que tínhamos todos os pilares de nossa amizade bem assentados. Porém, no fim das contas, eles não passam de dominós. E basta uma embalagem de chiclete para que todos desmoronem em cadeia.

Ela está mentindo. Sei que está. Mas se ela não vai admitir que está mentindo, continua sendo ruim do mesmo jeito.

Dominó. Dominó. Dominó.

— Está mentindo — acuso-a.

Dominó.

— Você também — retruca.

Dominó.

— Pessoal?

— Sim, Bruce — diz Naomi, soando obviamente irritada. É um alívio saber que não estou sozinho nessa.

Docinho de coco começa a latir furiosamente. Talvez, todas essas mentiras a tenham feito sentir vontade de mijar.

— Esquece — diz Bruce, o Primeiro, recuando.

Docinho de coco agora age como se o King Kong estivesse soprando um apito de cachorro.

— Está vendo? — dispara Naomi. — Até Docinho bonzinho sabe que você está mentindo.

— Docinho de coco — corrige Bruce mais uma vez, e, por um milissegundo, passo a gostar dele. O cara jamais se posiciona em prol de si mesmo, mas ao menos o faz pela cachorrinha.

Naomi faz um beicinho enquanto bufa, e com isso parece que está imitando a Madonna imitando a rainha da Inglaterra.

Docinho de coco começa a puxar a coleira em direção à porta, e juro que Naomi olha para a cachorro como se ele estivesse lhe revelando coisas sobre mim.

— Você está atuando de modo estranho, Naomi — comento.

— E você está simplesmente *atuando*, Ely.

Quem está dizendo isso é uma garota que já era a própria rainha do drama antes de termos idade para ir ao Burger King.

Não tenho a mínima vontade de ver aquela noite sendo arruinada. Quero sair, me divertir, acalmar Naomi e voltar para Bruce, no meu quarto. Não vejo motivo algum que me impeça de fazer isso tudo.

— Olhe — digo. — Isso tudo é por causa de Bruce?

Imagino que seja melhor conversarmos logo sobre o assunto em vez de usar toda a nossa energia para evitá-lo.

— Eu o quê? — pergunta o Bruce-que-está-ao-nosso--lado.

— Não é você — explica Naomi. — É o outro.

Bruce parece meio satisfeito em ser o Bruce primordial.

— Ele também vem conosco?

— Por que você não pergunta para Ely? — sugere Naomi, soando ao mesmo tempo amarga e frágil. Amárgil.

— Podemos ir logo? — arrisco.

Mas Bruce, o Primeiro, ainda está analisando o primeiro bloco da nossa conversa.

— Espere um pouco, o que está acontecendo aqui? — pergunta ele, tomado pela confusão. — Ele não está com você, Naomi? Eu vi Bruce pegar o elevador.

Ai, meu Deus. Que sorte a minha ele escolher justamente este momento para bancar o jovem Sherlock.

— Ah, é mesmo, Bruce? — diz Naomi, parecendo prestes a afagar o garoto como se fosse um animal de estimação.

— Naomi... — começo a dizer.

— Sim, ele acabou de subir — continua Bruce.

— Escute, Naomi... — tento mais uma vez.

Há pouquíssimas situações que não podem ser salvas por uma boa explicação.

Porém, Naomi não me deixa continuar.

— Bem. — Ela bufa. — Parece que o Coronel Mostarda está no quarto de Ely com o candelabro. Ou seria com um cassetete, Ely?

— Não sei se estou conseguindo acompanhar essa conversa — conclui Bruce.

Pelo menos Docinho de coco, agora quieto, parece ter entendido tudo, e não quer perder nem uma palavra.

— Olha — recomeço —, eu estava de saída com *você*. Ele pode esperar. Você é a prioridade máxima.

— Ah, que incrível, Ely. Simplesmente *demais*. Estou *tão* lisonjeada por você colocar minhas necessidades na frente das do *meu namorado*.

Certo, se agora vamos começar a usar os joelhos para derrubar os dominós, então me permita acrescentar:

— Bem, *Naomi*, acho que podemos dizer com total certeza que ele não é mais seu namorado.

Naomi dá um tapa na própria testa.

— Nossa, caramba, que idiota eu fui de achar que *alguém me avisaria*!

Ah, já chega.

— Você sabe muito bem que nenhum de nós queria que isso acontecesse. É como aquele lance do Devon Knox.

— Ely, *Devon Knox era hétero*. Sua queda por ele não contava. E isso foi *HÁ três anos*.

— Ele estava na lista.

— Eu esqueci, tá bom?

É a deixa do Inspetor Bruce.

— O que aconteceu? — pergunta ele.

— Olha, Bruce, será que pode nos deixar a sós um instante?

Certo. Podemos discar 311 para pedir reparos e coisas do gênero, 411 para conseguir o número de telefone dos outros e 911 para chamar a polícia, os bombeiros ou os paramédicos. Então, proponho que a cidade crie um 711, para que, quando se estiver preso no saguão de um prédio residencial com sua melhor amiga irracionalmente furiosa e o palhaço franzino do ex dela (e mais um porteiro gato assistindo àquilo tudo), possa discar três simples números e pronto: mandam uma pessoa calma e sã para lhe ajudar a explicar o que está acontecendo. Neste momento, minha melhor aposta é o cachorro, que novamente parece estar com vontade de mijar.

— Certo — diz o Bruce Original para Docinho de coco, fazendo voz de tatibitate. — O tio Bruce vai levar você para fazer pipi.

Docinho de coco parece prestes a rasgar a garganta de Bruce por falar daquele jeito. Não posso culpá-lo. Já brochei várias vezes com maneirismos vocais parecidos.

Estou tão concentrado na resistência do cachorro que quase não ouço Naomi dizer:

— Ely, para mim não dá mais.

Lá vamos nós. Chegou a hora da verdade.

Olho diretamente em seus olhos. Ela se vira de lado, portanto vou até ela e fixo olhar.

Sei que não quer escutar isso, mas preciso dizer mesmo assim.

— Naomi, eu gosto dele. De verdade.

Pronto. Falei.

Mas ela não acredita em uma palavra sequer.

— É por isso que o está escondendo? — pergunta. — Porque gosta tanto assim dele?

— Quer mesmo saber por que eu o estou escondendo?

— Por quê? — desafia ela.

Seria melhor que não tivesse perguntado.

Por quê?

— Pois tenho medo de você.

É verdade. Tenho mesmo. Sempre tive.

— Bom, também tenho medo de você.

Nós dois ficamos nos encarando por um segundo.

Bruce interrompe.

— Olhem, vocês dois... Acho que precisam se acalmar um pouco.

— Cala a boca, Bruce! — gritamos ao mesmo tempo.

Bom, pelo menos concordamos em uma coisa.

Magoado, Bruce começa a puxar Docinho de coco para longe.

— Vamos, Docinho. Vamos nessa. Nossa presença não está sendo desejada aqui.

Ah, que ótimo, agora os sentimentos do menininho ficaram feridos.

— Vou com você — diz Naomi. — Quero dançar com alguém que me ama.

Puta que o pariu, garota: eu abro o coração, e você usa *a Whitney* contra mim?

— Divirtam-se! — berro para eles.

Todos os dominós caíram. Não escuto nenhuma resposta. Apenas Gabriel, o porteiro gostoso da meia-noite, desejando a eles um boa-noite gostoso ao saírem. E então, ouço a porta se fechando. O elevador atrás de mim subindo em direção ao andar de outra pessoa. Fora isso, o silêncio.

Levo um segundo para lembrar de que Bruce está esperando por mim no meu armário.

E de que gosto dele.

VELMA

O que mais amo no povo da cidade grande é isso. Eles aparecem na sua porta no meio da madrugada segurando um sorvete de casquinha da 31 Flavors em uma das mãos e chihuahuas adormecidos na outra, perguntando se você quer jogar Imagem & Ação na sala de estudos como se fosse a coisa mais normal do mundo. Em Schenectady, posso garantir, esse tipo de coisa não acontece. Em Schenectady, você tem dois pais (um homem e uma mulher) que, em geral, permanecem casados e que surtariam se a amiga de escola da filha aparecesse na porta da casa deles de madrugada. A garota da cidade grande vem com o disfarce de quem quer jogar um jogo de tabuleiro, mas na verdade só veio aqui para reencenar o épico embate que pode ter lhe custado seu melhor amigo. Ah, não vamos esquecer a parte em que a garota da cidade grande traz a tiracolo um garoto com jeito de caipira, corpo de Hulk e o rosto daquele garotinho de *Uma história de Natal* que fica com a língua grudada no mastro congelado.

Eu sabia que me mudar para Nova York seria empolgante, e que valeria a segunda hipoteca que meus pais tiveram de fazer para financiar meus estudos na NYU, mas não sabia que somente no meu segundo ano de faculdade finalmente as coisas interessantes começariam a acontecer. O primeiro ano se consistiu basicamente em evitar festas de barris de cerveja e observar metade da diáspora de Long Island/Nova Jersey surtar no seu primeiro ano longe dos pais. Meramente limitei-me a observar toda essa loucura dos calouros. Sou a Velma. Aquela garota com cabelo de cuia e suéter conservador; a investigadora, não o motivo da investigação. Não sou a mais magra, a mais bonita, a mais descolada nem a mais escandalosa. Eu me misturo facilmente na multidão, como seria de se esperar de uma garota de Schenectady. Sou a garota cujo primeiro ano da faculdade foi responsável e digno da lista de destaque do reitor; que passou o tempo estudando, participando do jornal universitário e aprendendo a diferença entre, por exemplo, um cara pirado-porém-fofo chamado Robin com quem vale a pena iniciar uma conversa no Washington Square Park e os doidões tradicionais que só estão a fim de lhe vender maconha ou Jesus no mesmo Washington Square Park. Ou seja, o básico.

Mas então chegou o segundo ano. Foi quando a garota de Schenectady conheceu Naomi da West 9th Street. Ela não precisou enlouquecer em seu primeiro ano de faculdade: já havia crescido no coração de Greenwich Village. A loucura de calouro seria antiquada demais para Naomi. Ela já vira de tudo, já fizera de tudo. Tenho certeza absoluta disso.

O que me faz sentir pena dela, porém, foi: Naomi faz tanto o gênero de garota durona da cidade grande que não se permite chorar, mesmo quando está na cara que é o que realmente quer fazer. Em vez disso, reclina-se no sofá puído da sala de estudos, lambendo os granulados do sorvete de chocolate com amêndoas, enquanto uma cachorrinha chamada Docinho de coco ou Docinho bonzinho, não tenho certeza, tira o que parece ser uma soneca bastante necessária em sua barriga, que não para de tremer. Talvez seja porque Naomi está tentando prender o choro, ou talvez seja apenas a vibração da cadela. Naomi encara o teto distraidamente, enquanto seu mais recente apêndice, que atende por "Bruce, o Primeiro", permanece na poltrona à sua frente, garantindo a ela que o culpado da briga fora Ely. Tem uma casquinha de sorvete rosa em uma das mãos, e usa o controle remoto com a outra para zapear entre resumos dos placares esportivos na ESPN e uma reprise noturna de *Dr. Phil*. Sempre que a palavra "Ely" é pronunciada, ele dá um tique involuntário.

Demais. Amo Nova York.

— Quer dizer então que você e o outro Bruce terminaram oficialmente? — pergunto para Naomi.

O cara era ao mesmo tempo legal e chato demais para uma garota como Naomi. Ela é muita areia para o caminhãozinho dele; o que é interessante, pois parece ser esse o tipo de garoto que a atrai. Deve ser isso o que acontece quando o único cara que você deseja é o único que não te quer.

Não ligo muito para garotos. Existe, claro, o problema de ninguém me chamar para sair, mas escolho não pensar nisso como um *problema*. É uma *solução*. Não é se envolvendo em dramas de relacionamento que as Velmas desse mundo conseguem estágio na CNN e esperam ser aceitas na Columbia J-School depois de se formarem com louvor na NYU e ganham prêmios Pulitzer. Esse tipo de coisa é para as Daphnes do mundo. Daphne, sua vaca, você nem sequer sabe dirigir aquele maldito furgão.

— Acho que sim — murmura Naomi. Sua mandíbula fica tensa ao tentar reprimir um soluço, e sinto vontade de segurar a mão dela e lhe dizer que vai ficar tudo bem, mas as mãos dela estão ocupadas com o sorvete e o cachorro e, para ser bem sincera, *não acho* que vai ficar tudo bem entre ela e Ely. — Com certeza — acrescenta ela. — Sem dúvidas. Bruce, o Segundo, é coisa do passado. — Uma lágrima involuntária escorre pelo seu rosto, e sei que essa lágrima se chama "Ely", e não "Bruce, o Segundo".

— Ei, Bruce, o Primeiro — chamo, e aquilo parece muito engraçado saindo de minha própria boca. Ninguém em Schenectady jamais chamou alguém por um nome desses. Pelo menos não na minha rua. Estou muito feliz por não ter voltado para casa neste fim de semana, embora esteja com muitas saudades da lasanha de minha mãe e dos resmungos orgulhosos do meu pai sobre a conta da faculdade. — Meu nome é Robin, e sou amiga de um cara que faz cinema que também se chama Robin. Não é bacana?

— "Bacana"? — pergunta ele. — "Bacana"? De onde é que você vem, hein?

— De Schenectady!

— Que louco!

Não sei se está sendo mal-educado ou se simplesmente não gosta de nenhuma atenção que não esteja voltada para Naomi. O que tenho certeza, porém, é que seu tom indica uma bela quantidade de arrogância para um garoto que ainda está no colégio e vem parar num alojamento da NYU de madrugada. Ainda que este garoto do ensino médio tenha sido criado na West 9th Street.

— Deixe-nos sozinhas — ordena Naomi para Bruce, o Primeiro.

Fim da arrogância: ele fica de pé num pulo e agarra o cachorro.

— Acho que finalmente estou pronto para cair no sono — comenta o garoto.

— Ainda continua aqui, Bruce, o Primeiro? — vocifera Naomi, erguendo-se na cadeira e apontando para a porta. — Não acabei de falar para "NOS DEIXAR sozinhaS"?

Ele desaparece num segundo, e sinto a necessidade de cutucar Naomi mais um pouco.

— E Ely disse que tem medo de você? Nossa, vai entender...

Agora que estamos a sós, ela cai aos prantos. Fala de modo confuso, cuspindo as palavras:

— Ely... traição... como pôde beijar um Bruce?... ele é tudo o que já tive na vida... Ely, não Bruce, o Segundo! Quem dá a mínima para Bruce, o Segundo?... Estou sozinha agora... Sabia que isso iria acontecer, mais cedo ou mais tarde... como seríamos capazes de superar o que aconteceu entre nossos pais, e minhas mentiras, e sua completa falta de tesão por mim e minha completa não falta disso? Mesmo assim... que merda... [soluço soluço soluço]... Eu amo Ely, seja como amigo, irmão ou sei lá o quê... claro que já brigamos antes, mas dessa vez é diferente... simplesmente *é* diferente, Robin... é como se uma confiança sagrada tivesse se quebrada... [soluço fungada soluço fungada]... você por acaso não teria um lenço de papel Kleenex? Esse genérico que me deu machuca muito a pele... não, não estou mentindo... [Kleenex verdadeiro é encontrado e oferecido, nariz assoado, soluço soluço, nariz assoado]... valeu, Robin... você é a amiga mais próxima que eu tenho agora... Naomi & Ely: isso já era.

Eu devia mandar uma mensagem para o outro Robin avisando que Naomi está aqui esta noite; ele quer fazer um documentário sobre ela chamado *Gata na Cidade*, mas as filmagens ao vivo dela neste momento seriam tristes, vulneráveis e potencialmente melodramáticas demais, portanto não lhe mando mensagem nenhuma. Em vez disso, fico sentada ao lado de Naomi e deixo que ela chore no meu ombro. Tudo bem, tudo bem, garota da cidade grande. Caramba, como o cabelo dela cheira bem. É estranho, porque Velmas não deviam ter esse tipo de *problema*, mas meu coração bate mais forte com a proximidade do corpo de Naomi ao meu, e não é como se eu quisesse ser uma dessas lésbicas experimentais da faculdade; mas Naomi exerce um efeito magnético nas pessoas. Entendo por que Robin fica atrás dela querendo filmá-la, e não atrás de mim. Fascinante.

Os poderes das pessoas homônimas realmente são capazes de se ativar: o vulto do Robin-homem aparece na porta da sala, como se ele soubesse que a Robin-eu o chamava. Está usando aquela camisa havaiana azul que me dá a impressão de que praticamente posso cheirar as flores estampadas. O odor almiscarado, doce e imaginário que elas exalam quase poderia inspirar uma Velma a se transformar em uma Daphne grotesca e bêbada. *Aloha*.

— E aí? — cumprimenta.

Que esquisito. Minha boca está seca, mas a água não a aliviaria no momento, pois o que ela deseja é *gosto*. Deve ser um bom sinal o fato de eu não ser uma garota baladeira e de que a única bebida gasosa que consigo tomar seja refrigerante. Na minha cidade tem um lugar chamado Lost Dog Café que serve uns refrigerantes de gengibre sensacionais, com gengibre de verdade. Para chegar lá, é preciso dirigir até Binghamton, mas a viagem vale totalmente a pena.

Os olhos do Robin-homem investigam a sala.

— Cadê sua outra metade? — pergunta ele para Naomi.

— Não existe, tipo, uma lei dizendo que quando você sai de madrugada tem que ser sempre com o apêndice Ely por perto? — Seus olhos azuis, realçados pela camisa, ficam ainda mais azuis, atiçados com aquela ideia. — Ei, conheço uma galera do 12º andar. Basta dar um toque que mando descerem o karaokê para você e Ely cantarem o dueto de *High School Musical* de novo. — Ele ergue seu pager. — Conheço as pessoas certas, e tenho os acessórios certos, se é que você me entende, para fazermos um showzinho aqui.

"Diga que sim, Naomi.", penso eu, "Por favor, diga que sim. Com o outro Robin por perto, uma festa maluca e sensacional pode estar prestes a acontecer."

— Nem a pau — responde Naomi. — Foram essas festas ridículas desse alojamento que deram início a toda essa encrenca, em primeiro lugar.

Droga.

Robin deu uma risada de desdém.

— Ninguém do andar de Bruce jamais conseguiu entender como uma garota como você foi ficar com um estudante de economia como ele naquela festa do semestre passado.

— Ele é de contabilidade — corrige Naomi.

— Caramba, você nem conhece direito o próprio namorado! Bruce é um estudante de economia que *talvez* se forme com dupla titularidade de contador. Ainda não decidiu. Ele também se interessa por antropologia.

— Caramba — retruca Naomi. — Acho que não tenho a obrigação de me importar com merda nenhuma, já que Bruce não é mais meu namorado.

— Faz sentido — assente ele, com ar de sabe-tudo. — Você é areia demais para o caminhãozinho dele. Todo mundo diz isso. Mas, falando sério, espero que o pé na bunda do cara não tenha causado nenhum trauma ou depressão nele, porque eu estava justamente indo atrás de Bruce para pedir ajuda com meu...

— Cala a porra da boca, Robin! — interrompe Naomi. — Será que não dá para ver que estou arrasada? Mostre um pouco de sensibilidade, caralho.

Meu Deus, como eu amo a Naomi. Ela conversa com garotos com tanta desenvoltura! Não sei como consegue. Ela faz milagres.

— Eu sabia que devia ter trazido minha Super 8 — murmura Robin. — Naomi, arrasada por causa de Bruce. Isso daria um clássico.

— Estou arrasada por causa de Ely. DE ELY!

O surto dela termina com a vibração de seu celular. Naomi enxuga as lágrimas, envergonhada, e abre o telefone. Olha para mim. Ânimos estabilizados.

— Mensagem. De Gabriel, o porteiro gostoso.

Aquele porteiro realmente é um pedaço de mau caminho, até mesmo para uma Velma como eu, que normalmente não notaria tais atributos, quer dizer, não seria capaz de fazer uma observação superficial sobre a semelhança de algum homem com um dos caras principais do Aerosmith (não o baterista, os outros dois), os quais simplesmente exalam sex appeal não importa o quão geriátricos fiquem. Eu poderia aspirar ser uma Daphne, se achasse que isso atrairia caras parecidos com eles, ou esse tal de Gabriel, ou até mesmo esse outro Robin. Eu viraria uma Daphne de *Albany* por qualquer um desses caras. Que loucura!

— Você troca mensagens com seu *porteiro*? — Agora sim, eu poderia oficialmente idolatrá-la.

— É, mas não conte para Ely. Gabriel ocupa, atualmente, o segundo lugar da Lista do não beijo.

Lágrimas, sejam bem-vindas de novo.

— Você vai ficar bem? — pergunto a Naomi, dando-lhe outro abraço.

Ela assente em meu colo, quero dizer, em meu suéter conservador, sufocando uma fungada. Então olha para mim, com aquele seu rosto de deusa, resplandecente sob o brilho das bochechas molhadas de lágrimas.

— O turno de Gabriel acabou, e ele está indo para uma boate na Avenue B. Toca numa banda chamada The Abe Froman Experience. Os caras vão fazer um show em mais ou menos uma hora. Deve ser mais divertido do que qualquer festa que esteja prestes a acontecer.

Uma Velma tem a obrigação de lembrá-la:

— Achei que você quisesse desacelerar um pouco.

— *Vruuuuum* — responde Naomi. — E aí, estão a fim de ir, Robins?

SE EU ESTOU A FIM?

Demais.

MUTANTE

O que estou fazendo nesse armário?

Claro que quando Ely me disse para ficar não queria dizer aqui dentro.

Não é?

Depois de bons dois minutos (conto até 120), saio dali. Mas não fecho a porta. Olho para dentro e vejo todas as camisas bonitas de Ely. Parecem feitas de papel de embrulho.

Compro roupas na Gap. Não tenho corpo para usar nem mesmo as peças mais folgadas da Abercrombie. Tenho três jeans, que revezo. (Nesse caso, fiz uma extravagância e comprei os jeans na Banana Republic.) O que estou fazendo aqui?

Sei que Ely não está brincando comigo. Confio nele. Mas, ao mesmo tempo, tenho a sensação de que *a vida* está brincando comigo. Isso não pode estar certo. O Roteirista Cósmico está fazendo disso aqui uma piada.

Ely jamais se apaixonaria por um cara que usa camisa da Gap abotoada e jeans da Banana Republic. Muito menos por um cara que veste G.

E eu nunca me apaixonaria por um cara que é... bem... um cara. O roteiro era esse, certo? Quer dizer, sou totalmente a favor de se apaixonar pela *pessoa*, não pelo gênero, mas... Eu não achava que acabaria indo parar onde estou. Não vou mentir: já havia pensado nesse lance de caras antes, mas deixei para lá. Até isto acontecer. Isto eu não vou deixar para lá.

Sei que deveria ir embora. Simplesmente ir. Porque existe um momento em que um erro se transforma em um grande erro, e provavelmente seria melhor que eu recuperasse os sentidos antes que isso aconteça.

Por outro lado, é claro que "recuperar os sentidos" não faz o menor sentido. Meus sentidos estão felizes aqui. Ou vão ficar, quando Ely estiver de volta.

Será que eu deveria continuar escondido? Agacho-me para olhar embaixo da cama e calcular se caibo ali.

E é então que encontro.

O filão de ouro.

No começo, não entendo nada. A única coisa que vejo são os envelopes de plástico, e, uma vez que aquele prêmio está escondido embaixo da cama, minha primeira reação é pensar: "Ele guarda suas revistas pornôs em perfeitas condições?"

Então estico a mão e pego uma.

Não pode ser.

Mas é. Pelo visto, ele possui qualquer exemplar já publicado dos X-Men nos últimos dez — não, vinte — anos. Não há nenhum dos spin-offs desesperados, só a série principal. Wolverine. Jean Grey. Emma Frost. Mmmm... Emma Frost.

Os X-Men foram heróis essenciais para mim. Antes, eu gostava dos super-heróis mais convencionais, tipo Batman e Super-Homem, que tinham alter egos "normais": as vidas de Clark Kent e Bruce Wayne, nas quais podiam se esconder. Mas os X-Men eram diferentes. Eles sempre foram exatamente quem são. Wolverine jamais poderia se barbear, vestir uma gravata e ir trabalhar num jornal. Vampira não poderia tocar em ninguém, não importa se estivesse na escola ou numa guerra. Ciclope não conseguiria simplesmente tirar a capa, colocar outra roupa e ir a um jantar elegante. Não, os mutantes eram mutantes em tempo integral. Seus poderes e suas fraquezas estavam todos à mostra.

E isso me pegou.

Nunca me deixaram colecionar quadrinhos. Minha mãe não gostava da bagunça. Dizia que eu deveria doar minhas revistas velhas para as crianças pobres que não tinham nenhuma para ler. Como é possível argumentar contra isso?

Ely, obviamente, tinha uma filosofia diferente.

Deixo as revistas em seus envelopes de plástico. Não posso violá-las com minhas impressões digitais. Não sem antes pedir permissão.

Porém, analiso as capas: todas as cenas de Jim Lee, tantas variações diferentes de mutantes. Em alguns dos envelopes estão grudados adesivos de estrelas. Devem ser as preferidas de Ely, com certeza.

Eu jamais poderia prever aquilo. Embaixo do papel de embrulho, existe um coração dos X-Men. Que estranho.

Estou tão transfixado que não ouço nem os passos no corredor e nem a porta se abrindo. Mas sinto uma presença no quarto, pois de onde estou, ao lado da cama, levanto o olhar e vejo uma das mães de Ely.

— Olá — cumprimenta ela, não parecendo particularmente espantada em me encontrar no quarto.

— Oi — respondo, começando a me levantar.

— Não, não; pode ficar aí. Tenho certeza de que está só esperando Ely. Fique à vontade.

E é isso; ela dá meia-volta e vai embora.

O que me faz pensar: será que isso acontece com frequência?

O que me faz pensar: por que ainda estou aqui?

Quer dizer, sei que Ely já dormiu com um monte de caras. Naomi certamente já falou várias vezes em como ele é galinha. Sempre que estávamos juntos, ela se vangloriava dele. Não apenas do sexo: de tudo. Os garotos eram descartáveis, era essa a impressão que eu tinha. Naomi era de granito, e Ely era granito para ela. Eu não tinha como competir com isso, então deixava ela falar. Sempre deixo Naomi falar. Basicamente, sobre Ely.

Será que todos os garotos sentem o mesmo que eu? Quero dizer, será que é sempre assim?

É como se eu estivesse entrando num clube. O Clube Dos Caras Que Se Apaixonaram por Ely. Somamos centenas em toda a região metropolitana. Todos os anos, eles organizam um almoço para comparar a proporção de seus corações partidos.

Por quanto tempo costumam esperar por ele em situações como esta? Uma hora? Duas? A noite inteira?

Eu nem sequer deveria curtir garotos.

Mas, é isso. Aqui estou.

Deito no chão. Fecho os olhos. Ouço o barulho de uma televisão em outro cômodo; talvez no quarto das mães dele, ou no apartamento de baixo. Se posso ouvi-los, será que também podem me ouvir? Agora, não sou nada além da batida do coração misturada aos pensamentos. Nem descansado nem desassossegado. Descartado.

— Pode usar a cama, sabia?

Abro os olhos e Ely está sorrindo para mim. É tão sexy que não consigo evitar amá-lo, temê-lo, ressenti-lo e desejá-lo.

— Que horas são? — pergunto. Será que caí no sono? Será que estou mesmo acordado?

— Só demorei uns dez minutos — esclarece. — Sentiu saudades?

Simplesmente confesso:

— Sim. — Assim mesmo.

"Por favor, que isso não seja um jogo. Por favor, que isso não seja um jogo. Pois, se for um jogo, sei que vou perder."

Sento-me na cama, e ele vem se sentar ao meu lado. Seu hálito cheira a Orbit. Ele parece um pouco triste, mas tenta esconder isso de mim.

— Onde está Naomi?

— Saiu sem mim. Com Bruce, o Primeiro.

Isso é novidade. Quando se separam duas pessoas que em geral estão tão unidas quanto um átomo, pode-se esperar uma explosão.

Mas Ely a mantém em silêncio.

— Estou vendo que você encontrou meu esconderijo — observa, fazendo um gesto para debaixo da cama.

— É *demais!* — elogio.

Entrei na terra dos Pontos Bônus.

— Você curte X-Men? — pergunta, colocando seja lá o que tiver acontecido com Naomi de lado para ficar comigo.

— Está brincando? Quando tinha 9 anos, cheguei a mandar uma carta-proposta pelo correio para entrar na escola de Xavier. Selei o envelope, coloquei na caixa de correio e tudo. Nunca recebi notícias deles, mas no ano seguinte mandei de novo. E no outro ano também.

— Provavelmente, a cota de bichas deles já tinha sido preenchida.

Sinto-me um pouco estranho quando ele diz isso: acho que não percebe o quanto isso é um território novo para mim.

— Acho que eu não teria incluído isso na carta, naquela época — comento. — Mas é verdade, talvez eles tivessem um jeito próprio de saber.

Ely me olha de uma forma que parece que está me tocando.

— E de que outros jeitos você é um mutante? — pergunta ele.

Às vezes, a atração é o único soro da verdade que uma pessoa precisa.

— Sei lá — respondo. Mas sei, sim, e vou contar para ele. — Tenho medo do número seis. Tenho um terceiro mamilo microscópico, o que na Idade Média me qualificaria como feiticeiro. Sei enrolar a língua. Não consigo jogar um frisbee, independentemente do quanto me esforce. Evito comer coisas vermelhas.

— Até as que só têm um pouquinho de vermelho?

— Não. Só as completamente vermelhas. Tipo: pizza tudo bem, mas tomate não.

Ely assente, com um ar sábio.

— Entendo.

Fico feliz por ele entender. Mas o que eu gostaria *mesmo* que ele entendesse é o quanto quero que me beije agora.

Em vez disso, Ely diz:

— Naomi nunca me contou o quanto você era mutante. Naomi.

Esse som que você está ouvindo é do meu ânimo se estilhaçando no chão.

— Para onde ela foi, falando nisso? — pergunto.

— Na verdade, não sei. — Ele parece irritado ao dizer isso; magoado, até. Mas, em seguida, disfarça sua chateação dizendo: — Não me importo. Prefiro estar aqui com você.

Não sei por quê, mas me pego perguntando:

— Isso é mesmo verdade?

Ely balança a cabeça.

— Cara, nem consigo imaginar a opinião que você tem de mim.

— Naomi me contou umas histórias — retruco.

— Tenho certeza de que sim. Eram boas?

— Na verdade, não — confesso. — Quero dizer, aquela em que o assistente do professor fez uma serenata para você no bar cantando "Don't You Want Me" até que é engraçada. Já a do cara que queria que você anotasse seu telefone no pau dele com uma caneta para retroprojetor, nem tanto. E ainda não entendi direito por que o outro cara lhe deu o maple syrup. Acho que, para falar a verdade, gosto mais de você pessoalmente.

— Que engraçado. Sempre gostei mais da versão que Naomi cria de mim. Pareço uma pessoa muito mais interessante pela ótica dela.

— Bem, talvez esteja você enganado.

Então, Ely olha nos meus olhos e diz:

— Bem, talvez esteja.

Estamos ambos ali, sentados. O ar não está carregado de eletricidade sexual, mas também não está vazio. É apenas... um momento comum. Estamos vivendo em tempo real.

— E *você*, de que maneira é um mutante? — pergunto.

— Bom, meu crânio é de titânio. Tenho a capacidade de ler a mente das pessoas e de abrir os mares. Posso deixar meu braço esquerdo invisível, quando estou vestido de azul. Só preciso dormir uma hora por noite. E também tenho um terceiro mamilo.

— Seu crânio é de titânio?

Ele se inclina mais para perto de mim.

— É. Quer ver?

Agora sim, o ar está carregado de eletricidade. Primeiro o choque. Depois a surpresa por ele ter acontecido. Toco seu cabelo, e o crânio por baixo dele. Todas as partes frágeis e não frágeis.

Com as mãos em seu cabelo e os dedos tocando sua nuca, percebo que isso não é amor.

Mas sinto medo — fico surpreso — de que talvez venha a ser.

Gostaria que meu coração também fosse de titânio.

MANHÃ DE LUTO

 Certo, talvez eu esteja sentada num banco do Washington Square Park, no centro da pulsação da cidade que nunca dorme. Talvez somente eu esteja aqui, além de alguns corredores, algumas pessoas correndo para pegar o 🚇, os mendigos ⛺; todos nós compartilhando a vista do dia que nasce por cima do Empire State Building, com Midtown à distância.

Mas sei qual é a diferença. Todos os outros são fantasmas. Eu existo aqui sozinha, ilhada por escolha própria. Desertada.

Sou como Colombo. Descobri esta ilha, e agora ela é minha. Eu doravante reivindico sua custódia integral.

Talvez este banco-ilha *fosse* aquele onde Ely e eu ficávamos ao amanhecer, depois das baladas, antes de ir para casa. Era uma vez um banco que fora, certo dia, o lugar onde ele colocava minha cabeça no colo e afagava meu cabelo (ou vice-versa), onde criamos nossa ilha particular para aguardarmos passar o efeito das substâncias antes de retornar para o pesadelo criado por nossos pais.

No universo paralelo de Naomi & Ely, *talvez* este fosse o lugar onde, neste exato momento, se metade de nossa equação não tivesse resolvido beijar meu namorado, Ely estaria me incitando a tirar uma soneca ao nascer do sol, estirando protetoramente um cobertor sobre meu corpo e rosnando para qualquer cara que se atrevesse a me encarar com olhos predadores. (Claro que eu ofereceria o mesmo olhar de Vai-se-foder para todos os gays voltando de suas baladas que se atrevessem a lançar sorrisinhos para Ely. Sou ótima com rosnados. Não sou uma pessoa completamente desprovida de talentos.)

(Talvez Ely não rosnasse para os homens que me olhavam. Talvez esse fosse apenas um desejo meu.)

Será essa a sensação de um divórcio: o fracasso completo? Pode ser que faça mais de um ano que meu pai saiu de casa, mas somente agora eu entendo por quê, ainda hoje, o único momento em que minha mãe sente vontade de sair da cama é quando realmente precisa. Ela ainda tem que assinar a papelada oficial, mas a palavra — *divórcio* — não para de persegui-la e assombrá-la; perturbá-la no leito matrimonial onde ela se refugiou. Minha mãe sabe que as outras palavras — *adultério* e *separação* — já encontraram o caminho até sua cama tempos atrás. Quando ela estiver pronta, a palavra *divórcio* também o fará.

No meu caso, é banco de parque, e não cama. Mas mesmo assim.

Nos fins de semana, quando ainda estávamos no colégio, enquanto o inferno rolava solto entre nossos pais, Ely e eu nos refugiávamos no quarto dele para brincarmos do Jogo de Voltar o Relógio. Acreditávamos que o fim da década de 1990, antes de o inferno estourar na cidade de Nova York e no resto do mundo, era uma boa época para se recriar e, portanto, passávamos domingos preguiçosos deitados na cama dele, ouvindo as canções do início de carreira da Britney, as do meio de carreira das Spice Girls e as do fim de carreira das meninas da Lilith Fair, ou então assistindo a DVDs de séries que passavam na antiga WB, banhada a depressão adolescente. Eu adorava cochilar nos travesseiros dele, porque tinham seu cheiro; de conforto e de garoto.

Ely e Bruce, o Segundo, provavelmente estão enroscados um no outro, na cama de Ely, neste exato instante. Poucos dias se passaram, mas ele não perde tempo quando está caçando; principalmente se existe a possibilidade de converter alguém para seu time. Que desafio! Que diversão! Não há tempo para ficar arrasado esta manhã! Não quando, neste instante, Ely provavelmente está rindo e beijando Bruce, o Falecido Para Mim, sem saber que o *eles* deles é como uma arma apontada para minha cabeça.

A 🗝 sob o capacho do meu apartamento, a cópia de Ely, fora retirada de lá. Os monstros que moram embaixo da minha cama terão de encontrar outra pessoa para espantá-los. Os serviços de Ely já não serão mais solicitados. Bem, não preciso mesmo da cama, tenho um banco de parque para me sentar. Catatônica. Engulam *essa*, monstros. Nunca mais vou ficar deitada na cama sozinha à noite desejando Ely.

Sinto pena da minha mãe, mas não quero ser igual a ela, isolada na ilha da negação. Não quero.

Devo admitir: minha ilha deserta não é residida apenas por mim e pelos fantasmas. Há um arcanjo por perto.

O que gostaria de saber é: se ele trabalha de madrugada como porteiro, joga basquete antes disso e de vez em quando ainda toca com sua banda em Alphabet City quando seu turno acaba mais cedo, então... a que horas Gabriel dorme?

Se eu fosse ele, fossem sete da manhã e tivesse acabado de sair de um turno que se estendera a Alphabet City, não estaria sentado num banco de parque escondendo o rosto sob um boné de beisebol, fingindo me concentrar em um livro. Estaria zzzzzzzzzzzzzzzzzzzz. Estaria, no mínimo, encolhida ao lado da minha mãe, prestes a zzzzzzzzzzzzzzzzzzzz. Coisa que, na verdade, planejo fazer assim que levantar a bunda daqui e ir até o Starbucks na Waverly Place, para voltar para casa levando um pouco de cafeína para ela.

Primeiro, preciso saber por que Gabriel está brincando comigo.

Sei que ele sabe que estou sentada a poucos bancos de distância. Sei que ele está sentado ali só porque estou sentada aqui. Sei que deve estar confuso por eu ter comparecido ao show e não ter ido conversar com ele. Será que sabe que fui direto para o quarto da Robin-mulher porque (pelo visto) ainda não tinha terminado de derramar todas as lágrimas que comecei no início daquela noite? Quis ficar mais um pouco na boate, ao lado dele, mas minha vontade de que o tempo voltasse para o momento da briga homérica com Ely era maior ainda.

Sei, com certeza absoluta, que Gabriel não está lendo *Mensagem na garrafa*. Sei que alguém precisa resgatar Gabriel dos jogos de pôquer das madrugadas com Bruce, o Primeiro.

Eu deveria me levantar, ir até ele e finalmente quebrar o gelo entre nós. Iniciar uma conversa.

Ely e eu *tínhamos* uma Lista do não beijo™.

Gabriel é um jogador livre agora. Eu não só poderia beijá-lo, como poderia também ir muito além. Poderia transformar em realidade as fantasias de Ely, de maneiras que ele jamais teria a chance de fazer.

Pelo que me lembro, Ely e eu nunca inventamos uma Lista do não transo.

(Será que deveríamos?)

O tempo de jogo já acabou, não é?

Minha mãe diz que não se pode confiar nos homens.

Não se pode confiar em mim.

Mas eu deveria.

Gabriel tem orelhas grandes.

Eu não.

Continuo sozinha em minha 🏝. Não tenho nada a 🎤.

Mas chega de tanto me lamentar no meu banco-ilha--deserta. Agora que Ely erradicou-se do posto de meu melhor amigo, de alma gêmea, a verdade é que serei obrigada a descobrir o que fazer com meu tempo. A faculdade é uma perda de tempo total. Talvez eu encontre uma religião. Provavelmente vou virar ✡. Eles têm a melhor comida.

Lá da sua ilha, Gabriel deve ter ouvido meu estômago roncando. Faz a primeira investida, sinalizando para minha ilha com uma mensagem de texto.

Posso te convidar para tomar café da manhã?

Às vezes, blocos enormes de gelo, quase do tamanho de cidades, destacam-se das geleiras. Flutuam com majestade de icebergs (ou com o terror dos mesmos, se você estiver a bordo do *Titanic*).

Tenho certeza de que vou me dar mal com isso, mas sigo em frente mesmo assim. Respondo com a seguinte mensagem:

Vc não deveria ter sugerido isso na noite passada, e não agora pela manhã?

O homem sob o boné de beisebol não olha para mim, mas posso ver seus dedos teclarem.

Um cavalheiro demonstra mais respeito c 1 dama.

Que tédio. Isso não faz o menor sentido. Não me resta mais nada.

Se eu não fosse uma dama, talvez pudesse ser o ~~Bruce~~ rindo e beijando Ely esta manhã.

Não respondo nada.

Ainda assim, o homem lindo de orelhas grandes com o boné do Mets não desiste.

Vamos lá. Ovos. Bacon. Batata frita. Por minha conta.

Estou mesmo com fome. Teclo:

Gosto de cereal.

Deixo a parte do "com Ely" de lado. Meus dedos doem demais para teclar essas letras adicionais.

O arcanjo pergunta:

De que marca?

Minto:

Product 19.

Na verdade, gosto de Rice Krispies, com Ely sentado do outro lado da mesa (no apartamento dele) comendo Lucky Charms. Brincamos de guerra de comida: Pou! Crash! Bam!

contra corações cor-de-rosa, luas amarelas, estrelas laranja e trevos verdes. O caos impera. Ginny dá um chilique por causa da bagunça. Susan ri e atira GrapeNuts como se fossem confetes.

Gabriel retruca:

Sou mais do tipo Mueslix.

Aposto como Gabriel também sabe quem era a parceira preferida de Fred Astaire.

Sério?, sou obrigada a perguntar.

Vejo seu vulto maravilhoso rindo em sua ilha longínqua.

Não. Só estou checando se vc tá mesmo prestando atenção. Adoro Cheerios.

🖐

Cheerios é o segundo cereal preferido de Ely, que atacamos depois que comemos todos os Lucky Charms (sem leite) no meio da tarde.

Meu corpo dói, minha alma se lamenta. O sorriso que deseja perturbar meus lábios está sendo NEGADO NEGADO NEGADO. Não serei a garota esperando que seu coração de pedra seja partido pelo cara legal com coração de ouro. Foda-se essa fórmula fantasiosa.

Cri-cri. É isso o que Ely me diria por mensagem agora; sua palavra preferida para me perturbar e afastar o mau humor. *Deixa isso p lá. Seja o Anjo Naomi, sei q vc consegue.*

Quero ser tocada por um anjo.

Que se chama Ely, não Gabriel.

Meu coração está 🔒.

Prefiro tomar café da manhã com minha mãe.

Mando uma última mensagem para Gabriel:

Tô enjoada. Vou voltar p casa.

Ely nunca acorda antes das oito. Se eu chegar depressa, talvez consiga evitar um confronto cara a cara. Não estamos mais nos falando, então não preciso me preocupar com isso.

Mesmo assim, precisamos definir um sistema de guarda compartilhada. Quem usa o elevador, a lavanderia, o saguão; e a que horas. Separados, mas com direitos iguais. Falecidos um para o outro.

Desta vez, não vai haver 🏳.

ELY

SEMANIVERSÁRIO

Sei que as coisas estão ficando realmente complicadas quando acho que seria melhor se ela estivesse morta. Tipo, assim eu poderia ter um monte de lembranças boas, ficar muito triste e todos entenderiam; até que, um dia, acabaria seguindo em frente, sempre guardando um sentimento positivo por ela. Não teria de fazer nada a respeito, pois seria algo irrevogável. Existe um certo apelo nessa ideia.

Mas, logicamente, não quero que ela morra de verdade. Estou feliz que esteja viva. O que morreu foram todas as boas lembranças.

"Descartadas" não descreve nem de longe o que aconteceu com elas. Se é para usar uma metáfora péssima, melhor dizer que foram "incineradas".

Não sei se ela quer me ver morto, mas deixou bem claro que não quer que eu exista.

Vós não deveis usar a lavanderia aos sábados.

Vós deveis olhar pelo olho mágico para checar se estou no corredor quando quiserdes ir até o elevador.

Vós deveis verificar vossa correspondência se me virdes aguardando pelo elevador no saguão.

Vós deveis seguir direto até o elevador se me virdes verificando minha correspondência.

Vós deveis evitar os seguintes Starbucks: Astor Place (o do triângulo, não o que fica perto de St. Marks), Broadway entre a Bowery e a Houston, University entre a 8th e a 9th.

E assim por diante. A única diferença é que ela não usou essas palavras. Na verdade, seus termos foram:

Não use a lavanderia aos sábados.

Olhe pelo olho mágico para checar se estou no corredor quando estiver indo para o elevador. Vou fazer a mesma coisa.

Verifique sua correspondência se me vir esperando o elevador no saguão; vá direto até o elevador se me vir checando minha correspondência. Vou fazer a mesma coisa.

Estes são os Starbucks a que eu gostaria de ir; por favor frequente outros.

Ela fez Bruce, o Primeiro, entregar os mandamentos para mim, e até mesmo ele parecia meio envergonhado. Não mostrei aquilo para Bruce, o Segundo, porque sabia que só faria com que ele se sentisse culpado e triste. Já se sente bastante culpado e triste sem precisar disso.

Estou perdido em meio à incompreensão. Não entendo por que ela está fazendo isso. Não entendo como algo que foi tão forte durante tanto tempo pôde ruir tão depressa. E por causa de um garoto!

Eu liguei para ela. Liguei mesmo. Na manhã seguinte. Depois, à tarde. E no dia seguinte.

Achei que precisávamos de um tempo para refrescar a cabeça, e que depois voltaríamos a ser nós dois novamente.

Em vez disso: incineração.

Eu não iria mentir e pedir desculpas; não havia motivo nenhum para isso, tirando o que aconteceu com Bruce, o Segundo, mas eu tinha plena certeza de que essa reação não era por causa do lance com ele. A piada é que... não é como se eu e Bruce houvéssemos nos tornado companheiros de camisinha de repente. Não; naquela primeira noite, nenhuma peça de roupa foi retirada. E quando fomos dormir... não sei nem como descrever. Parecia que alguém tinha deixado uma luz noturna acesa. Havia um brilho tênue entre nós.

Agora já faz uma semana e, para ser honesto, se eu fosse encarar isso como um aniversário, diria que é o semaniversário da incineração de Naomi e Ely, e não do relacionamento de Bruce e Ely. Nunca fui do tipo que vai devagar — afinal, por que esperar? —, mas acho que, justamente porque Naomi e eu estamos indo à derrocada tão depressa, Bruce e eu estamos levando as coisas sem pressa nenhuma. Em passos de formiga. Fazendo coisas que se fazem à luz do dia, e não à noite.

Estou sendo muito cuidadoso com ele, mesmo sem saber por quê. Acho que simplesmente pressinto que é o que devo fazer.

Ele não me convidou para ir ao seu quarto, e não sei se é porque ele não quer que as pessoas saibam que está saindo com um cara ou se é porque não quer que saibam que está comigo. Não me importo. Minha cama é mais confortável do que qualquer coisa fornecida pela NYU mesmo — já tive uma boa dose de amostragem. Naomi sempre gostou mais de camas de alojamento do que eu.

Jantamos em um Chat n' Chew, e depois vimos um filme na Union Square. Então já era quase meia-noite, e ele tinha aula de manhã, por isso decidimos encerrar por ali. Na frente de seu quarto, tivemos um momento fofo no qual ele obviamente estava morrendo de vontade de que eu lhe desse um beijo de boa-noite, mas obviamente ainda se sentia nervoso demais para tomar a iniciativa, portanto me inclinei em sua direção e nos beijamos ali mesmo. Foi rápido, pois Bruce ainda está muito tímido, e não foi nada parecido com beijos em público com outros caras, quando a coisa diz muito mais respeito a se exibir ou a exibir ao outro do que se é capaz. Com Bruce, é simplesmente o beijo em si. Não sei como ele faz isso. Quer dizer, não sei como ele faz isso *comigo*.

Admito que ainda não consigo entender. No caminho de volta para casa, sinto-me ao mesmo tempo contente e excitado. Então entro no saguão do prédio, e todos os meus sentimentos de alegria escoam pelo ralo, restando apenas a mágoa, o ressentimento e a raiva. Mesmo que Naomi não estivesse ali, eu sentiria isso tudo, simplesmente pela forma como ela virou meu lar contra mim, como ela assombra meu lar com toda a destruição que causou. No entanto, justamente porque Naomi *está* ali, me pego quase paralisado pela mágoa, ressentimento e raiva que sinto.

Ela está verificando a correspondência. Sei qual é a regra. Sei que devo seguir direto até o elevador.

Mas jamais concordei com essa regra. Nunca me consultaram sobre isso.

Aceno para Gabriel ao passar, mas ele está entretido demais com um livro para perceber. Então, saco a chave da caixa de correio e vou direto até o pequeno ambiente da correspondência.

Mal dou um passo ali dentro e ela já pergunta:

— O que está fazendo?

Naomi nem sequer se vira ao perguntar, simplesmente fica olhando para a caixa de correio; encarando-a.

— Verificando minha correspondência — respondo, descontraidamente.

Ela bate a tampa da caixa dela. Passa a chave. Vira para mim. Então diz:

— Vai se foder.

— Desculpe — ironizo, apontando para uma aliança imaginária em meu dedo. — Esta posição já foi ocupada.

Sei que é uma resposta escrota mas, de onde venho, "vai se foder" não exige nenhuma resposta educada.

— Eu disse para você não fazer isso.

— Não — corrijo-a. — Você não *disse* nada. Dizer exige um *contato vocal*. Você *escreveu uma lista* orientando que eu não deveria fazer isso. O que, permita-me acrescentar, é muito infantil. Não é nem o tipo bom de infantil, aliás.

Eu já vi Naomi triste desse jeito antes, mas nunca por causa de um garoto. Nunca por esse motivo, e sim por causa das nossas mães, ou porque seu pai saiu de casa, ou por causa da morte do avô. Todas essas tristezas tinham graus diversos de raiva. Esta aqui, a de agora, atingiu quase o grau máximo naquela escala.

— Por favor, Naomi. Isso é tão bobo.

— É mesmo, é hilário.

— Não foi isso o que eu quis dizer.

— "Bobo".

— Escuta...

— Não, escuta *você* — interrompe ela. — Você arruinou tudo. *Arruinou absolutamente tudo.* Conseguiu, de verdade, me fazer comprar essa história toda de Culto ao Ely que você mesmo criou. Mas quer saber de uma coisa? Devolvi minha carteirinha de sócia. Agora vou viver a minha própria vida, porque estou de saco cheio de compartilhá-la com você. Você não me faz bem, Ely. Me rejeitou por vezes demais. Vou tatuar seu nome no topo da minha Lista do não beijo.

— Já deveria estar lá *há muito tempo! Dã!* — Mal consigo acreditar. — Isso aqui não tem nada a ver com beijos, Naomi. Dá um tempo.

— Ah, pode deixar, vou te dar um tempo sim. Um tempo infinito. Já suportei suas merdas, seu drama e seu egoísmo demais. *Como se atreve?* Entra aqui fingindo que veio apanhar a correspondência, depois de transar com o cara que uma semana atrás era meu namorado, quando nós dois sabemos muito bem que Ginny é quem apanha a correspondência todos os dias quando volta do trabalho; e você ainda faz tudo isso parecer *minha* culpa! "Vai se foder" não está nem um pouco à altura disso, Ely. E, para piorar, você ainda está usando minha maldita calça jeans!

Isso definitivamente é uma incineração, porque me sinto quente, carbonizado, feroz e intenso.

— Quer a sua calça de volta? — berro. — Então, tome!

Chuto o sapatos para longe, e um deles atinge a fileira mais baixa das caixas de correspondência. Tiro o cinto. Abro a braguilha e retiro a calça jeans. Depois, faço uma bola com ela e a atiro para Naomi.

— Está feliz agora? — pergunto. — Era isso o que queria?

Agora estou chorando. Está tudo tão errado. Estou chorando pois não quero que isso esteja acontecendo, mas mesmo assim está, e tenho a sensação de que era para acontecer, mas me sinto extremamente triste, ressentido, irritado e magoado, enquanto Naomi parece chocada. Ela joga a calça no chão, me chama de babaca e simplesmente me deixa ali, chorando, de cueca; um completo idiota, o objeto incinerado mais irritado e espantado do mundo, e não há nada a fazer a não ser esperar até ouvir o elevador chegar, esperar até ouvi-lo ir embora, esperar tempo suficiente para que ela chegue e entre em casa, para só então percorrer o mesmo e exato caminho, com a diferença de que agora é tarde demais para isso ter qualquer importância. Penso em largar a calça na frente da porta dela, depois penso em levá-la comigo, mas no fim das contas, simplesmente atiro-a na lixeira. Nenhum de nós vai usá-la mesmo. É melhor que alguém lhe dê um fim.

Incinerada.

BINGO

"Dividir para conquistar" tem sido tanto uma estratégia militar bem-sucedida quanto um paradigma algorítmico matemático. Os líderes militares teorizaram que seria mais fácil derrotar um exército de 50 mil homens seguido de outro exército de 50 mil homens do que vencer um único exército de 100 mil soldados. O combate teria melhores perspectivas dividindo-se o inimigo em duas forças, para então vencer uma seguida da outra. Enquanto técnica algorítmica, o princípio requer que se divida o problema em dois subproblemas menores, que se resolva cada um de modo recursivo e que, depois, se unam os dois resultados parciais para encontrar uma única solução para o problema completo. Quando essa fusão leva menos tempo do que resolver os dois subproblemas, o resultado é um algoritmo eficiente.

Provavelmente, Naomi e Ely são egocêntricos demais para perceber, mas parecem estar representando a versão militar do "dividir para conquistar" em nosso prédio; embora eu duvide seriamente que algum dos dois seja inteligente o bastante para compreender o paradigma no campo matemático.

Eu mesma mal entendo, e olha que tirei noventa e oito por cento no PSAT de matemática.

O tão aguardado rompimento entre Naomi e Ely finalmente aconteceu no saguão do prédio, mas levou tempo até a notícia se espalhar. Nem todo mundo passa as madrugadas em claro ali. Alguns de nós de fato *dormem* à noite. Por isso, só agora o fato começa a ficar evidente, graças à divisão das cadeiras no bingo, na qual as lealdades do prédio se dividiram. Ainda estamos por ver quem será conquistado, e quem será o conquistador.

A julgar pelos lugares do bingo na sala multifuncional que fica no porão, essas lealdades parecem estar divididas exatamente ao meio, como se fossem os convidados de cada noivo em uma festa de casamento. À esquerda temos, entre os apoiadores de Naomi: o sub-inquilino ilegal do 15B; o Bruce que é meu irmão gêmeo, e não o novo namorado de Ely; o Sr. McAllister, que sempre ficará do lado em que houver as glândulas mamárias mais bem dotadas; os amigos da mãe de Naomi que integram o comitê da administração do edifício, e que ficaram ao seu lado durante o corte amargo de relações entre os apartamentos 15J e 15K; os moradores do 14º andar, que concordam por unanimidade que Naomi e sua mãe fazem muito menos barulho do que Ely e as mães dele; e eu. Mas sou um coeficiente variável: só estou sentada aqui para proteger meu irmão da Naomi. Mais uma vez. À direita, o contingente de Ely inclui: moradores de diversos andares que são pais, familiares e simpatizantes de gays e lésbicas; o outro Bruce, que, para um cara que só usa Gap, surpreendentemente demonstra um tanto de coragem de aparecer por aqui esta noite; todos os cavalheiros do prédio que um dia lançaram olhares sedutores para Naomi no elevador e foram rejeitados (por que meu irmão tinha de ser a única exceção? *Ai!*); e a Nação Lésbica de Ginny e Susan, e todas as suas companheiras de orientação sexual, com seus péssimos cortes de cabelo ao estilo Park Slope.

Eu criei um monstro. Só comecei as noites de bingo no prédio porque minha escola exigia que se prestassem serviços comunitários. Imaginei que viriam no máximo dez moradores, todos na faixa dos 70 anos, que nos encontraríamos para jogar bingo, tipo, umas cinco vezes, e a coisa morreria por aí, eu conseguiria todos os créditos escolares de que precisava e pronto. Mas nããããããão! Todo mundo quis participar do bingo; todo mundo do prédio, do quarteirão, do bairro. Eu não contava com essa variável, e agora, a coisa meio que saiu do controle, atraindo um bando de hipsters. O que aconteceu com a sinuca, que antes era a sensação entre eles? Gente, por favor; estou tentando entrar em Harvard, e não começar uma revolução!

Aquela que nos lidera é a única que não será conquistada: nossa chefe de mesa de bingo, a Sra. Loy, que se importa unicamente com o jogo e não está nem aí para o quadrilátero Naomi-Ely-Bruce1-Bruce2. A Sra. Loy só é leal à sua cadela e ao meu irmão, que trata sua cachorrinha mais como uma irmã do que a própria irmã; no caso, eu. Lá em mil novecentos e bolinha, muito antes de se mudar para Manhattan e se casar com o velho fulano de tal, a Sra. Loy participou da competição U.K. Caller of the Year, que é tipo um campeonato ultraimportante em que os chefes de mesa de bingo competem não só por um prêmio em dinheiro, mas também pela chance de anunciar os números em Las

Vegas e se tornar o "embaixador" do bingo na Grã-Bretanha. A Sra. Loy não ganhou, mas parece mais do que feliz em desempenhar o papel de embaixadora do bingo em nosso prédio hoje, muitos anos depois.

— Dirty Gertie! — grita ela.

A única maneira de diminuir a popularidade crescente do bingo do nosso prédio foi exigir que os jogadores aprendessem a gíria do bingo britânico, também chamado de "Housie". Mera deferência às orientações de segurança do corpo de bombeiros.

— Que número é "Dirty Gertie" mesmo? — pergunta Bruce, meu irmão gêmeo.

Trinta e cinco por cento de acerto no PSAT. Seu experimento matemático consistiu em, a cada quatro questões, escolher a resposta "Todas as anteriores". Esse garoto precisa de uma boa noite de sono com urgência, senão terá sorte se for aceito na SUNY; também conhecida como "tão ao norte do estado que é praticamente como estudar no Canadá", correto?

Risco o número 30 da sua cartela. Tenho de fazer tudo para ele. Sou cinco minutos mais velha. O fardo sempre cai em mim.

A Sra. Loy me avista no meio da multidão, e sei qual número dirá a seguir. Risco o número 1 na minha cartela antes mesmo de ela gritar:

— Kelly's Eye!

O próximo é "Two Fat Ladies!", e eu faria bingo se tivesse o número 88 na cartela! Evito olhar diretamente para a dupla Amstel-Não-Tão-Light Susan e Ginny, porque daria muito na cara. Elas não são exatamente gordas, não é isso, estão mais para... relaxadas, em vez de serem emaciadas heterossexualmente como a maioria das outras mães do prédio, como a minha e a de Naomi. Fico feliz por terem se resolvido, embora meus pais tenham se colocado contra elas na votação do comitê da administração do prédio; queriam comprar seu apartamento, que fica logo abaixo do nosso, e transformá-lo em um dúplex. Portanto, também me sinto, de certa forma, grata a elas, pois não podia apoiar o plano de menopausa da minha mãe de adotar um contingente de bebês da Macedônia com necessidades especiais depois que Bruce e eu fôssemos para a faculdade. Minha mãe cai no choro quando os vendedores da Bendel não a reconhecem. Acho que ela não suportaria a pressão.

— Heinz Varieties!

Do outro lado da sala, posso pressentir que O Outro Bruce está quase marcando bingo. Acabou de riscar o número 57. Não entendo como um cara tão meigo e bacana acabou enredado na confusão entre Naomi & Ely. Quero dizer, Ely é um gato, mas não *tanto*; a não ser quando me paga uma montanha de dinheiro pelo meu exemplar antigo do *X-Men vs. The Avengers #1*, onde aparece o Gremlin, vulgo Homem de Titânio.

Se O Outro Bruce marcar bingo antes de mim, não vou ficar nada feliz. Será que ele fica arrasado quando pega elevador com Naomi e Ely? O clima está tão gélido entre os dois que até o Homem de Gelo e Emma Frost tremem de frio com o silêncio deles.

Meu Bruce aponta para a embalagem recém-entregue do meu hambúrguer com batatas fritas. É terminantemente proibido trazer comida para as mesas de bingo mas, uma vez que sou não só a idealizadora disso aqui como também a pessoa que conserta os computadores da maioria dos moradores presentes (e, portanto, sei de todos os detalhes sórdidos sobre seus vícios em pornografia, jogatina e downloads ilegais de músicas), ninguém se atreve a me censurar por quebrar as regras.

— Você vai comer as batatas? — pergunta Bruce para mim.

— Não.

— Posso comer, então?

— Não.

Empurro a embalagem para longe do seu alcance.

A Sra. Loy exclama:

— Man Alive!

A distração com as fritas causada pelo imbecil do meu irmão faz com que O Outro Bruce encontre o número 5 em sua cartela antes de mim.

— Bingo! — grita ele.

Agora, estou furiosa. O Outro Bruce está rindo à toa. Agita sua cartela no ar, sorrindo. Vira-se para Ely, e os dois dão um beijo rápido de comemoração. Não é um selinho nem um beijo de língua; apenas um beijinho rápido na bochecha. No entanto, aquilo é o suficiente para Naomi. Aposto que o ex-melhor amigo roubar seu namorado e depois assistir ao lance entre eles se transformar em um potencial amor verdadeiro dói muito mais ver do que simplesmente perder os dois para um casinho passageiro. Eu sentiria pena se ela não estivesse sendo uma vaca e manipulando meu irmão por causa disso. Neste exato momento, Naomi parece prestes a se atirar em Névoa Terrígena, o que, para quem não é versado no universo Marvel, consiste em uma substância mutagênica (ou provocadora de mutações) descoberta pelo cientista Inumano Randac. É potente o bastante para causar mutações em qualquer organismo vivo submetido a uma simples exposição.

Naomi reage ao beijo virando-se propositada e ameaçadoramente em direção ao meu Bruce. Puxa-o pela nuca e *BAM*, mais uma vez meu irmão se esquece de todos os sermões de nossos pais sobre sexo seguro *e* manifestações públicas nojentas de afeto. Eca... Eu devia ter lhe dado as batatas; talvez isso tivesse deixado sua boca ocupada demais para essa demonstração de acrobacias de línguas oferecida por ele e Naomi.

Já chega. Basta. Perdi uma rodada de bingo que eu estava perto *assim* de vencer e, *ainda por cima*, meu irmão me enoja publicamente pela última vez. O Sr. McAllister está distribuindo novas cartelas, mas vou sacrificar a rodada seguinte e terminar essa competição sem sentido agora mesmo, de uma vez por todas.

— NAOMI! — digo.

Ela se esquece do meu irmão assim que desgruda a boca da dele, e inclina o corpo na frente do de Bruce para apanhar uma batata frita na minha embalagem.

— Que foi, Kelly? — pergunta, mergulhando a batata no ketchup antes de dar uma mordida.

Bruce está bem entre nós duas, mas falo com Naomi como se ele não estivesse ali. Acho que, até mesmo no útero, eu devia saber que este é o melhor método para lidar com meu irmão: ignorando-o. E, se o volume pós-contato-com-Naomi na sua calça saltar bem na minha frente, juro que ele será banido deste jogo e da minha proteção deste dia em diante. Os garotos são tão... tão... *inúteis*.

— Naomi — repito. — Como *você* se sentiria se alguém que de quem gostasse brincasse com seus sentimentos e a fizesse acreditar que estão tendo um relacionamento, quando na verdade não estão?

Sei que deveria tomar mais cuidado com o que digo, mas claramente não sou a única pessoa preocupada com o comportamento de Naomi. Todo mundo da mesa para de prestar atenção na Sra. Loy para ver qual será a reação dela. Naomi é um barril de pólvora prestes a explodir, uma vampira prestes a vir à luz, e ninguém quer perder o momento da sua transformação explosiva. Ela está tão... tão... *pronta*.

Naomi realmente para pra pensar na minha pergunta. Isso é um ponto a favor dela. Olha para Ely e para O Outro Bruce, que agora estão analisando, com toda a atenção, suas cartelas de bingo, para que ninguém se atreva a pensar que ligaram para o beijo entre ela e meu irmão. Eca, de novo.

— Você tem razão — declara Naomi.

É assustador o quanto ela é linda: é como se seus olhos castanho-claros tivessem ficado mais profundos e sedutores depois de todo o choro que obviamente derramaram nos últimos tempos. Todos os olhares se voltam para a sua beleza quando ela se levanta da mesa. Está usando um jeans cintura baixa (*muito* baixa) com uma camiseta justa (*muito* justa), na qual está escrito THE ABE FROMAN EXPERIENCE, e sua barriga exposta exibe um novo piercing no umbigo que faz todos os rejeitados do elevador que estão do lado de Ely ficarem com água na boca. Ela baixa o olhar para o meu Bruce.

— Você sabe que eu te amo, não é? Mas não do jeito como você gostaria. Além disso, bancar a mulher fatal é cansativo, e já ando bastante exausta ultimamente. Por isso, me esqueça, tá, Bruce? Siga em frente. E Kelly, te devo uma por ter nos libertado da sina de reciclar para sempre esse tipo de joguinho. Você é uma garota legal, e espero que entre em Harvard um dia, de verdade. Porque, sinceramente, sei do que está falando, e a resposta é: se sentir assim é uma merda. E não quero fazer mais ninguém passar por isso.

Não acredito que essa vadia mentirosa seja capaz de uma compaixão tão sincera. Também não acho que esteja brincando conosco. Pra mim, ela teve mesmo um momento de revelação, e acho que de fato inspirei isso. Creio que a mágoa tenha trazido uma nova direção para sua vida. Talvez uma direção melhor.

Mas é claro que podemos sempre contar com Ely para acabar com tudo. *Aquela* vadia não vai deixar o raro momento de decência de Naomi passar em branco sem destruí-lo. Ele se vira para O Outro Bruce e lhe dá um beijo na boca; desta vez, um beijo profundo. Até mesmo a Nação das Lésbicas parece mortificada. O Outro Bruce ao que tudo indica está com vontade de morrer de vergonha com aquela manifestação pública de afeto. Ouvi dizer que nem sequer era gay até Ely aparecer. Pode-se contar com Ely para levar esse momento ao extremo e pressionar seu novo namorado a ir depressa demais; não só para que saia do armário, mas para entrar logo no mundo feliz do bingo da West 9th Street.

Naomi diz:

— Entendi tudo, agora. Ely era a mentira. — Então, proclama em altíssimo e bom som, olhando para o teto como se estivesse clamando por Deus; embora (tende piedade!) todos os jogadores daquela sala entendam exatamente para quem suas palavras se dirigem: — E o Starbucks da 6th perto da Waverly é meu!

E, dito isso, Naomi sai correndo da sala. Pela janela de vidro da porta, vejo Gabriel esperando por ela do outro lado, a fim de consolá-la. Agora sim temos uma situação que pode se transformar em um escândalo *muito maior* do que o rompimento entre Naomi e Ely.

Tenho tanto medo dessa sua nova jornada em busca da verdade quanto tinha ódio da antiga missão de conquistar meu irmão.

REVELAÇÃO

Não posso demorar mais do que um minuto. Preciso apenas passar pela SAÍDA▸ desta sala, abrir a porta e dar o fora. Mas é como se, de repente, eu tivesse tomado uma overdose de erva-de-são-joão. Porque, embora não seja incomum que eu tenha 27 pensamentos diferentes de uma só vez, com certeza é incomum que eu consiga ouvir cada um deles atravessando minha cabeça no intervalo de tempo que levo para sair de uma sala.

① Ande. Simplesmente. Continue. Andando. Não olhe para ninguém. Não olhe para o chão. Olhe. Direto. Para. A. Frente. Simplesmente. Continue. Andando.

② Certo, *sua bicha destruidora de corações*, sabe o que vou fazer com você? Roubar de volta esse garoto cujos lábios você está chupando neste exato momento e ▤ fotos dele fazendo comigo coisas que jamais, nunca conseguiria fazer com seu ♂. Toda vez que você sair do elevador, vou fazer questão de estar amassada com ele na parede, soltando gemidos que vão lhe fazer *sair correndo* atrás de pornografia. Vou pegá-lo pelo ⬇ e arrastá-lo para longe de você, e farei questão de que você assista. cada. momento. dessa. merda.

③ Assim já é demais. Isso foi longe demais. Não pode estar acontecendo de verdade.

④ Mostrei a minha e você mostrou o seu. Jardim de infância, talvez primeira série. Minha mãe estava na sala, assistindo a suas novelas (antes de nossas vidas se transformarem em uma só). Você ficou com vontade de fazer xixi, e eu entrei junto para ver. Era pura curiosidade. Aquele lugar que era diferente em nós dois. Somente ali. Em todo o resto, garantimos um ao outro, éramos completamente iguais.

⑤ Está feliz agora, Kelly? Conseguiu o que queria? Meu ✝, não suporto você. Espero que passe para uma merda de escola da Ivy League, entre num laboratório de física e nunca mais saia de lá.

⑥ São os sapatos. Se não tivesse escolhido estes sapatos hoje de manhã, nada disso teria acontecido. A culpa é deles.

⑦ Fiquei com Bruce antes dele. As pessoas estão se esquecendo disso. Eu o beijei primeiro. Isso deveria me dar alguma espécie de direto, mesmo que, no fim, ele tenha se tornado gay.

⑧ Imprimi todos os e-mails que já me mandou na vida. E, naquele ano horrível, quando minha mãe sumia e meu pai ficava puto, chorava e berrava, a única coisa que eu podia fazer quando você não estava em casa era ir para o meu quarto, pegar aquela caixa e ler alguma coisa boba, sobre o terninho de veludo que a Sra. Keller usou na escola no dia tal, por exemplo, e sobre como você achou que ela ficava igual à filha bastarda do Barney com ele, e então eu me pegava sorrindo, porque muito embora o 🌏 estivesse se despedaçando, e nossos pais tivessem transformado nossa vida em uma 🐀, eu acreditava, sinceramente, que você era a única família de que eu precisava. Minha futura família.

⑨ Um número. Eu estava a um número de marcar bingo.

①⑩ "B-I-N-G-O. B-I-N-G-O. B-I-N-G-O. And Bingo was his name-O." A pergunta que não quer calar é: o que diabos o 🐕 da cantiga tem a ver com a brincadeira? Deve haver alguma relação, certo?

①① É sério mesmo que dei o fora em Bruce, o Primeiro, a única pessoa nesta cidade intcira que idolatra o chão que eu piso? E daí que ele é um idiota? Não é o suficiente ter alguém ao seu lado que te adora, mesmo quando você não está sendo adorável? Não é suficiente amar alguém só porque sabe que ele vai ser legal com você? Será que realmente precisa existir química sexual? Não basta sentir isso no 💜, mesmo que não sinta lá ⬇?

①② Quem é que estou enganando, caralho?

①③ Não a mim mesma, com certeza.

①④ Robin (⚤) é quem sabe das coisas. Quando Robin (⚤) disse que só gostava dela como amiga, ela atirou o 🍸 nele. Simplesmente pegou seu *appletini* e lavou a expressão de "vamos-ser-só-amigos" da cara dele. Depois, saiu pisando com força e deixou para o cara a conta do drinque que ela mesma tinha tacado nele. Acho que o que mais admiro é essa última parte. (Claro que, depois, ela chorou durante uns seis dias seguidos, ou seja, cinco dias e meio a mais do que eu conseguiria suportar. Falei para ela que a única pessoa que um ⚤ chamado Robin deveria namorar é um cara chamado Batman, para os dois irem morar na Batcaverna de Brokeback Mountain deles e fazer ♋. Falei que ela conseguiria coisa melhor, embora provavelmente não consiga. Mas é para isso que servem os amigos.)

①⑤ Sinto saudades do meu pai. Mesmo com tudo isso acontecendo, mesmo sabendo que ele deveria estar a quatro mil quilômetros de distância dos meus pensamentos, gostaria que estivesse aqui. Não para voltarmos às brigas, mas a uma época anterior a isso: os bons tempos. Sei que eles dizem, hoje em dia, que os bons tempos na verdade não eram tão bons assim, mas eu não sabia disso naquela época, e para mim é o que importa. Eu achava que eram bons tempos e, embora esteja sendo egoísta, para mim é o suficiente.

①⑥ Você se lembra, Ely, de como escolhíamos lugares para nosso casamento? Durante quantos anos fizemos isso? Na frente do urso polar do zoológico do Central Park. Ou em uma *soirée* ultrapretensiosa no Templo de Dendur. Ou na barca para Staten Island, trocando de convidados em cada porto de parada. Ou no topo do Empire State Building, antes de percebermos como isso era um clichê gigantesco. Então, neste mês de agosto mesmo, quando você me arrastou para a XXL só para dar em cima de um dos go-go boys (enquanto todos os outros caras davam em cima de mim)... em determinado momento, entre um olhar tarado e outro, você se aproximou e disse: "Acho que devíamos nos casar *aqui*." E dei risada, porque era engraçado. Mas fiquei feliz por você ter nos transformado em *nós* outra vez, especialmente num lugar que não exatamente nos trataria como um casal. Mas fiquei chateada — chateada de verdade —, porque, na verdade, você não estava levando aquilo a sério, pois jamais o faria. Mesmo sendo ridículo, eu queria que, para você, aquilo fosse importante.

①⑦ Estou de saco cheio dos homens. Inclusive os gays. Principalmente os gays: vocês podem ser compreensivos o quanto quiserem, garotos, mas no fundo, ainda têm pintos.

①⑧ Olhe, lá está Gabriel. Está muito, *muito* digno de olhares esta noite.

①⑨ Ah, Sra. Loy, não me olhe feio como se eu fosse uma meretriz! Sei que quer que Bruce, o Primeiro, seja o Harold da sua Maude, e agora deveria estar era feliz da vida por eu tê-lo libertado das correntes de sua triste paixão por mim. Quem sabe, agora, ele goste de uma verdadeira dama, para variar.

②⓪ Esta sala não deveria ser chamada de multifuncional. É uma sala sem função nenhuma.

②① Quase lá. Quase lá.

②② Que bom que não fui para a cama com Bruce, o Primeiro. E quando digo "ir para a cama", estou querendo dizer "fazer sexo". Porque dormimos juntos várias vezes, e foi legal. Na verdade, a 🔖 era a parte mais legal. Estou feliz por ser inteligente o bastante para saber que não conseguir perder a virgindade com sua primeira opção de parceiro não é o suficiente para transar com a opção #2.

②③ Estou tão cansada. De todo esse drama. Cansada de sentir saudades de Ely. Cansada de passar o tempo inteiro tentando não sentir saudades dele. Cansada de estar sempre tão puta. Com ele. Com minha mãe. Com meu pai. E, acima de tudo, com o universo. Cansada de ter que lidar com pessoas. Cansada de não chegar nem minimamente perto do que quero. Cansada de ser desejada pelas pessoas erradas. Cansada de desejar as pessoas erradas. Cansada do 💬 e do 🗯 e do 💭. Cansada de pensar. Cansada dos joguinhos. Mas, se me livrasse disso tudo... o que restaria?

②④ Por que Gabriel está sorrindo desse jeito? É como se soubesse que a Lista do 🌐 tivesse sido ✂ em pedacinhos.

②⑤ Perigo! Perigo!

②⑥ Você tem mesmo alguma coisa a perder?

②⑦ Vai fundo.

FAIXAS

Chris Isaak: "Graduation Day"

Esta é a canção certa para nós dois: o passado.

    Nos conhecemos no dia da sua formatura da escola. Sua e de Ely. Dia não: noite. Era de noite. Vocês ainda estavam de beca. Os dois estavam chapados. A festa tinha acabado havia muito tempo, mas vocês ficaram aninhados no sofá do saguão até amanhecer, com garrafas de champanhe vazias aos pés. Riam e cantavam. Pareciam estar inventando músicas na hora enquanto incitavam um ao outro a terem crises de riso. Era esse o jogo, ver quem conseguia fazer o outro ir mais longe.

    O dia da formatura foi minha primeira noite neste emprego. Não sabia por que os moradores do prédio que passavam pelo saguão pareciam nem notar você e Ely. Como se fosse normal encontrá-los assim todas as noites: dois adolescentes bêbados de beca de formatura caídos ali, arrotando, cantando e brincando, agarrados um ao outro como se disso dependesse suas próprias vidas e, no entanto, sem estarem se agarrando de fato. Sussurrando segredos.

Olhe, não é segredo nenhum que eu tenha me revelado um péssimo porteiro. Todos no prédio sabem disso. O lado bom de trabalhar de madrugada é que poucos moradores estão acordados o suficiente para se incomodarem com a minha incompetência. Portanto, troco as encomendas e pronuncio errado o nome dos moradores. Queria ver *você* dizendo "Não, não tem nenhum DHL, UPS ou FedEx para você aqui, Sr. Dziechciowski" às quatro da manhã. Então, interfono para os apartamentos errados e mando entregadores levarem sanduíches de filé para os Stinghs ou de bacon para os Lefkowitzes... antes de o sol raiar, numa manhã de sábado. Desculpe. Isso sem falar no fluxo de visitantes na madrugada que vêm traficar drogas ou cometer adultério, os quais eu simplesmente deixo entrar. Só não me peça para fofocar sobre o que acontece por aqui com a congregação de insones do saguão, porque não estou nem aí. Simplesmente fico na portaria, parecendo descolado. Isso sei fazer bem.

Sou um cara de dezenove anos que não tem nada melhor para fazer do que trabalhar à noite como porteiro e sonhar de dia com você.

I thought you loved me/ I was wrong. Life goes on.

Desculpe, essa frase é sobre outra garota que não você. Minha vida continuou sem ela.

Você nem imagina a impressão que deixou em mim naquela primeira noite, ou como eu tinha chegado para trabalhar sentindo que aquele era o primeiro dia do fim da minha vida. Não imagina que, só de ver seu sorriso de covinhas para mim e ouvir sua risada, tive uma minúscula esperança... quando a única coisa que eu desejava fazer era fugir correndo — daquele emprego novo, da minha casa — e ir para qualquer ou nenhum lugar, sumir no meio do nada.

Mesmo a mais minúscula das esperanças já é alguma coisa.

Bettye Swann: "(My Heart Is) Closed For the Season"

Esta canção é para Lisa.

Vamos logo tirar esse assunto do caminho. Lisa foi meu primeiro amor. Coloquei piercings em lugares íntimos por ela. Uniforme de enfermeira e coturnos: essa era Lisa. Uma enfermeira gótica de hospital para doentes terminais: vá entender. Ah, sabe. Voluptuosa, inteligente e com uma bela bunda. Quem poderia resistir?

Vamos tirar esse outro assunto da frente também. Pode colocar qualquer rótulo sexual ou étnico que quiser em mim, mas não me rotule — repito, *não* me rotule — pelos meus gostos musicais. Meu pai diz que aprendeu a falar inglês ouvindo música country; minha mãe acreditava que a música deveria ser a forma de comunicação de nossa família. Meus pais trancavam meu irmão e eu em casa para ajudá-los em projetos de melhorias do lar disfarçados de "educação musical das crianças". Éramos reféns do amor do meu pai pelos vinis de funk e country, e da paixão da minha mãe por cantoras deprimidas de soul e pelos britânicos da época do Clash. Graças às suas iscas sedutoras, que vinham na forma de queijos quentes e milhares de partidas de *air hockey* como recompensa pelo tempo perdido azulejando a cozinha e os banheiros, sou louco por Hank Williams (sênior) e pelas cantoras de soul da velha guarda que não eram da Motown.

Certo, admito que ouvi esta canção pela primeira vez em uma compilação do Starbucks, mas não seria justo usar isso contra ela. Não é culpa da música.

Qual é o aspecto-Lisa da mensagem transmitida por esta antiga canção imortal? Que as estações mudam. Que existem conclusões e transições. Enfim, deixa para lá. Tratemos da Obviedade da Ironia em escolhas musicais posteriores.

Lisa era mais velha que eu. Acho que, a esta altura, você já deve ter adivinhado isso. Não era velha como a Sra. Loy, do tipo que desafia a idade. Lisa estava naquela idade em que a pessoa já viveu o bastante para se casar e se divorciar, e para saber onde a pessoa deve colocar piercings para conseguir o efeito máximo.

Meu irmão disse que eu transferi meu amor. Como se, amando sua enfermeira, meu amor pudesse, de alguma forma, manter nossa mãe viva.

Lisa me deixou uma semana depois. Disse que fazia um mês que queria terminar comigo, mas que eu estava vulnerável demais. Por isso, aguardou até depois do funeral.

All I can do is lock up my heart and get over you.

Vá fazer uma faculdade, sugeriu. Entre numa banda. Comporte-se como as pessoas da sua idade. Curta a vida.

Entrei numa banda só para ligar e contar isso para ela. *Por acaso sabe quem é Abe Froman?*, perguntou-me. Admiti que não. Ela disse que era exatamente por isso que não podíamos mais continuar namorando. Abismo de gerações. Aja como as pessoas da sua idade, repetiu. Encontre alguém da sua idade.

Agora toco numa banda e posso pegar garotas, se quiser. Sou igual a você. Tenho a aparência certa para isso, se é que me entende. E não estou sendo convencido, apenas sincero.

Honestamente, preferiria estar fazendo um monte de outras coisas em vez de ser porteiro ou tocar numa banda que troca de identidade do screamo acid jazz para a melancolia indie única e exclusivamente para atender aos requisitos do lugar onde vamos tocar. O problema é que ainda não sei muito bem quais são essas outras coisas que gostaria de fazer.

Honesta ou ridiculamente (será que existe diferença?), não estou nem aí para pegar um monte de garotas. Sou um desperdício para minha aparência e idade. Cinco garotas me pediram para acompanhá-las na festa de formatura da minha escola no ano passado, mas preferi jogar baralho com Lisa, num banquinho em frente à porta do quarto da minha mãe. Sou como meu pai. Só consigo me concentrar em uma mulher de cada vez, e quero que, com ela, a coisa dure para todo o sempre.

Você é a primeira, desde minha primeira, que me fez sentir alguma coisa, qualquer coisa. Não sei exatamente por quê; mal a conheço. Talvez desconfie que seja como eu. Se você parasse para pensar substancialmente sobre isso (e espero que já o tenha feito), desconfio que também poderia se ligar que os Temptations ficaram presos na armadilha de escrever sucessos fáceis, e é por isso que erraram. A beleza não é *apenas* superficial. Só porque alguém é bonito não quer dizer que não tenha uma alma por dentro. Não quer dizer que não sofreu igual a todos, ou que não tenha esperanças de ser um humano legal num mundo terrível.

Esperança. É isso o que você me faz sentir.

Aquela esperança minúscula bem que poderia se expandir.

Belle & Sebastian: "Piazza, New York Catcher"

Esta canção é para você e Ely.

Você e Ely cantarolavam esta música um para o outro sempre que passavam por mim nas minhas primeiras semanas de serviço. Acharam que eu não tinha sacado nada, mas entendi a mensagem subliminar: "Gabriel, porteiro do turno da noite, você é hétero ou gay?"

Como se já não bastasse as pessoas olharem para mim e se perguntarem: "Ele é moreno, amarelo, branco ou o quê?"

Como já mencionei antes, tirando meu gosto musical, não ligo para nenhum rótulo que as pessoas queiram colocar em mim; mas se quer saber mesmo: meu pai vem do lado mais claro do Continente Negro, e minha mãe, da Terra do Sol da Meia-Noite via a Terra do Sol Nascente. Hétero.

Teria eu sido perverso, gentil ou nenhuma das duas coisas por deixar Ely dar em cima de mim naquelas longas semanas de verão em que você estava no Kansas, visitando seu avô doente? Passar tempo ao lado de Ely de madrugada era uma maneira corrupta de conhecer você antes de me preparar para entrar em ação. Quando Ely falava de você, da vida que compartilharam enquanto cresciam juntos, eu imaginava os dois como uma espécie de Eloise travesti no Plaza, que conhecia cada corredor escuro, cada nuance de cada morador; cada segredo. Eu desejava vasculhar seu coração através dessas lembranças.

I wish that you were here with me to pass the dull weekend. Ely cantava esta frase constantemente durante sua ausência, quando parava na portaria de madrugada, ao voltar das baladas com seus amigos. Estava cantando sobre você, não sobre mim. Isso sempre esteve bem claro.

Obviamente, queria ultrapassar os limites comigo. Um porteiro não recebe acidentalmente de propósito um esbarrão de um "bêbado", que o esmaga contra as caixas de correio, nem é chamado para trocar uma lâmpada no corredor às três da manhã, e deixa isso passar despercebido. Mas Ely não rompeu essa barreira. Nunca avançou em mim. Isso é algo que você deveria saber.

Tem ideia de por que uma banda escocesa escreveria uma música sobre um jogador de beisebol nova-iorquino? Fico preocupado. Talvez uma invasão de escoceses nos Estados Unidos esteja em iminência (a Inglaterra e o País de Gales não participariam). E Belle & Sebastian fazem parte da vanguarda.

Fique alerta.

The Jam: *"The Bitterest Pill (I Ever Had to Swallow)"*

Esta música é para você e Ely, e Lisa e eu.

Você e eu sabemos como é engolir o tipo mais amargo de pílula que pessoas como Ely e Lisa administram em doses homeopáticas. Sabemos como é ficar à mercê da doença de amar Elys e Lisas — amar quem não corresponde o amor à altura. O amargor da pílula não é porque *não são capazes* de amar você do mesmo jeito que os ama: é porque *não querem.* Não se permitem abrir a cabeça para essa possibilidade. Não querem expandir suas expectativas de amor romântico para além dos limites predeterminados — de gênero, de idade etc. [insira aqui diversos outros motivos aleatórios e injustos].

The love I gave hangs in sad-colored, mocking shadows.

É uma merda.

Fiona Apple: "Criminal"

Esta canção é para Bruce, o Primeiro.

Naomi, você foi uma garota muito, muito malvada. Não deu a mínima para os sentimentos de um homem garoto delicado.

Não te conheço muito bem, é óbvio, mas sinto como se pudesse confiar em você. Preciso acreditar que qualquer pessoa que mente tanto assim, no fim das contas, acabará fazendo a coisa certa, mesmo que apenas por já ter deixado bem claro o que é real e o que não é. Sei que você sabe a diferença.

Vou confiar que não vai destruir esse garoto só porque pode.

Nada Surf: "Blizzard of '77"

Esta canção é para os meus pais.

Meu pai tinha 5 anos na primeira vez que viu neve. Havia acabado de se mudar para este país. Uma nevasca caiu durante a noite, e quando ele acordou na manhã seguinte, não conseguiu enxergar nada pela janela do quarto. Só quando se sentou nos ombros de seu pai é que conseguiu avistar com clareza a vastidão do branco do lado de fora de casa. A neve se acumulava em pilhas mais altas do que ele; meu pai achou que, caso se aventurasse por ali, a neve o engoliria por inteiro. Então, segundo sua história, ele viu um anjo. Estava vestida com um traje de neve cor-de-rosa e sentada no colo do pai, enquanto este dirigia um trator para limpar o caminho que ia da rua até a casa do meu pai, que a reconheceu: eram da mesma turma na escola, onde nenhuma outra criança vinha conversar com ele, porque ainda não sabia falar inglês. Depois que o anjo e seu pai terminaram de limpar o caminho, desceram do trator e retiraram com uma pá o restante da neve que ia até a porta da entrada da casa. "Seja bem-vindo, vizinho", disse ela. Em suaíli.

Meu pai não fala suaíli; o Comitê de Boas-Vindas do Bairro estava mal-informado. Apesar disso, ele se vestiu bem depressa e se aventurou lá fora, seguindo as pegadas do anjo.

Cresceu e casou-se com aquela garota.

Kirsty MacColl: "A New England"

Esta canção é para minha mãe. Ela amava esta cantora, e amava especialmente esta versão da música de Billy Bragg.

Quando pulei fora do time de basquete da escola, quando não me inscrevi para nenhum exame de admissão de faculdade, quando zombei do meu irmão por causa de suas Causas e Ideais, minha mãe cantou esta canção para mim, modificando especificamente um dos versos porque, segundo ela, fazia com que ela se lembrasse de mim.

Gabriel doesn't want to change the world / He's not looking for a new England.

No fim, quando ela queria que eu a distraísse, mas na verdade queria mesmo era que *eu* me distraísse, me pedia para fazer playlists para que ouvisse no hospital. Abra a biblioteca de músicas do computador, escolha algumas músicas, ligue o modo aleatório e, depois, queime um CD, dizia ela.

Nunca fiz nenhuma playlist que não incluísse alguma música de Kirsty MacColl. Agora, aquilo virara uma espécie de lei para mim. Qualquer música de Kirsty MacColl me faz lembrar minha mãe: excêntrica, emocionante, engraçada. Saudosa.

Tanto Kirsty MacColl quanto minha mãe tiveram dois filhos. As duas morreram antes do aniversário de 55 anos.

Pelo menos, meu irmão e eu sabíamos o que vinha pela frente. E pudemos dizer adeus.

Bruce Springsteen: "It's Hard to Be a Saint in the City"

Esta é a canção da minha mãe para mim. Garota de Nova Jersey.

Nasci azul e desgastado, mas explodi como uma supernova.

O que você precisa é de uma musa, ela costumava me dizer. De uma Mary ou uma Janie. Então, alertava: mas tome muito cuidado. Essas Marys e Janies podem ser um perigo para um garoto que é capaz de rumar direto para o sol, como Marlon Brando, e depois dançar igual a Casanova.

Não quero ser nenhum Marlon Brando nem Casanova. Não quero nem mesmo ser um astro do rock. Não tenho nenhum outro motivo para estar numa banda além de uma garota ter me dito para fazer isso. Só sou o líder da banda porque sou o mais bonito. Os outros caras têm muito mais talento do que eu.

Não me importaria de encontrar uma musa. Que fosse divertida. Seria uma mudança boa de ares.

Kurtis Blow: "Basketball"

Esta é a canção do meu pai para mim.

Basketbaaaaaall, they're playin' basketball, we love that basketball.

Nos seis meses seguintes ao funeral da minha mãe, meu pai me deixou em paz. Dia após dia, eu ficava no parque ou na YMCA jogando basquete com qualquer time que me deixasse participar. Tudo bem. Meu pai não me enchia o saco por eu estar amargando a morte da minha mãe através de suor e dribles, através do basquete.

Mas, cara... nunca se ouviu tanto palavrão numa língua que não se entende como na época em que os prazos de inscrição para os exames admissionais de mais um ano se passaram, e finalmente contei a ele que não planejava voltar a estudar; nunca mais.

Certo, já chega. Acha que vai continuar morando na minha casa e passar os dias jogando basquete? Quer dizer então que não tem planos de verdade, é isso, rapaz? Bem, então *eu* tenho planos para você. Vai virar porteiro.

Devo confessar que a outra escolha possível de música seria "Dentist!", de *A pequena loja de horrores*. Se tivesse escolhido essa, teria lhe dito para imaginar a palavra "porteiro" em vez de "dentista" quando o cara canta "Son, you'll be a dentist". Teria explicado que esta canção é sobre o destino do cantor de virar dentista, determinado pela sua inclinação a causar dor nas pessoas, e pelos pais. A mensagem aí era sobre pais e destino, e não sobre algum desejo de se tornar dentista ou, no caso, causar dor aos outros.

O destino do meu pai era ser porteiro. Ele gosta desse destino. Para ele, tudo bem. Trabalhou durante décadas no mesmo prédio chique da Park Avenue. Faturava uma grana com as gorjetas na época do Natal. É sério: nossa família certa vez ficou uma semana de férias num resort quatro estrelas em Barbados graças a isso, antes de minha mãe ficar doente demais para viajar.

Meu pai é um bom homem, e teve uma vida boa como porteiro. Mas sinto, de verdade, que não é este meu destino.

Acabei não colocando a canção do dentista na playlist que fiz para você porque, mesmo para um cara que não está nem aí para os rótulos, como eu, seria muito gay incluir um tema de musical.

Nota à parte: quando alguém diz "isso é muito gay", você tem alguma ideia do que significa? Desconfio que não tenha mais nada a ver com a homossexualidade. Acho que não significa mais nada a essa altura. Sério, nada. "Isso é tão gay." É algo totalmente existencial.

Talvez, no fim das contas, tivesse sido melhor eu incluir a canção do dentista.

Shuggie Otis: "Inspiration Information"

Incluí esta canção por causa dela mesma.

Meu pai quer me ensinar as maneiras e costumes nobres de um porteiro de Manhattan, mas o que aprendi de realmente útil com ele foi que é possível incluir uma canção de Shuggie Otis em qualquer posição, e em qualquer playlist aleatória, que ela vai funcionar. No início, no meio, como transição, encerrando...

Se você souber de qualquer informação sobre inspiração, sou todo ouvidos.

Grandmaster Flash: "The Message"

Esta canção é para você.

É uma canção muito triste com uma batida ótima e um refrão inesquecível. Você meio que é uma pessoa triste com ótima aparência e um sorriso inesquecível — quando escolhe exibir o clima Grandmaster do seu sorriso.

It's like a jungle sometimes, it makes me wonder / How I keep from goin' under.

Nova York... isso aí, é uma selva. Serei o Tarzan se você quiser ser Jane. Caramba, serei até a Jane, se você quiser ser o Tarzan. Tenho uma cabeça *aberta*, garota.

Você também poderia ter; basta se permitir. Deixa que eu troque mensagens com você e aparece em shows da minha banda no meio da madrugada, mas ao vivo, em pessoa, no saguão do prédio, mal me dirige a palavra. Como se entre a portaria e o capacho da sua porta existisse uma linha que você tem medo de cruzar.

Tá d zoa?

Nina Simone: "Ne Me Quitte Pas"

Cette chanson prend trop de place. (*Merci,* Sr. McAllister, seu bilíngue sem noção. Você preenche todo o espaço do elevador, assim como esta canção.)

O que há de tão sensacional na França? Por que todo mundo tem vontade de ir para lá? Vou lhe dizer como a França é. A música deles é um saco. Os filmes deles são um saco. As boinas deles são um saco. Os croissants são ótimos, tudo bem, mas, de resto, aquele país é um saco. Minha família viajou para lá uma vez de passagem, quando estávamos indo visitar uns parentes do meu pai. EuroDisney. Preciso dizer mais?

Você tem medo de que, se tivéssemos uma conversa de verdade, seria esse o tipo de papo furado que teríamos?

Vamos correr esse risco. Podia começar assim: se eu pudesse escolher algum lugar para ir, escolheria... giro aleatório da roda da fortuna... Madagascar. Acho que deve ser um lugar neste mundo que tem mais atrativos do que um Starbucks em cada esquina. Quer vir comigo?

Elabore.

Jens Lekman: "F-Word"

Jag valde den här sången så at du skule bli förälskad i mej. Escolhi esta canção para fazer você se apaixonar por mim. (Obrigado, Sr. Karlsson, o sueco inesperado da cobertura. Ou seria melhor dizer "*tahkk*"?)

Foda-se, a verdade horrível é que, neste caso, só estou tentando dar uma de entendido. Odeio a mim mesmo por escolher uma música intelectualoide, como se fosse impossível fazer uma playlist para uma garota linda sem inserir alguma espécie de ironia engraçadinha e óbvia dos Smiths ou dos Magnetic Fields etc. Mas você precisa admitir que é uma música bacana. Prometo equilibrá-la com uma canção ridiculamente sentimental a seguir.

Buffy, a Caça-Vampiros: "Walk Through the Fire"

Esta canção é para você e sua mãe.

Se fizessem uma votação neste prédio, lamento dizer que no mínimo oitenta por cento dos moradores que a conhecem ou já tiveram contato com você diriam "Sim: Naomi é uma vaca."

Buffy pode até ser uma vaca, mas vamos dar um desconto: ela foi obrigada a matar seu verdadeiro amor para salvar o mundo. Já saquei, Naomi. Você é igual a Buffy. Precisa fazer escolhas difíceis em relação às pessoas.

Falando em dureza... ficaria feliz ou incomodada se soubesse que Buffy foi a garota com quem eu sonhava quando, er... estava conhecendo um pouco melhor meu eu adolescente? Deixa para lá; retiro essa declaração, ou melhor, confissão.

Quando sua mãe me pegou assistindo a uma reprise de *Buffy* na televisãozinha da portaria numa noite em que o movimento do prédio estava fraco, confessou que assistir a *Buffy* era o único consolo que compartilharam depois que seu pai foi embora. Ela me contou como você chorou desconsolada por causa da Buffy. Como chorou quando Angel foi com Buffy para a festa de formatura, mesmo depois de os dois terem terminado e reconhecido a futilidade do amor verdadeiro deles. Como chorou quando a mãe de Buffy sucumbiu a forças naturais, e não sobrenaturais. Como chorou quando a sexta e a sétima temporadas não refletiram a qualidade das temporadas anteriores, exceto pelo episódio musical.

Now through the smoke she calls to me / To make my way across the flame.

Esses moradores do prédio que gostam de chamar Naomi de vadia não sabem que, às seis da manhã, quando meu turno está quase no fim, você corre até o fim do quarteirão para comprar café e bagels para sua mãe. Ou que segura a mão dela e a acompanha até a Washington Square, para deixá-la no trabalho. Para garantir que ela chegue até lá.

Buffy também era o consolo da minha mãe. Eu assistia a essa série com ela nos dias bons. Meu irmão riu da minha cara e me chamou de gay por ficar com os olhos cheios de lágrimas quando Willow ficou louco depois que Tara morreu. Irmãozinho, amo você, mas quem está rindo agora? Quem é o porteiro/vocalista de banda que inspira garotas a atirarem suas calcinhas em cima dele no palco, e quem é o estudante universitário pobretão que, para fechar as contas no fim do mês, dança na XXL, onde caras enfiam dinheiro na sua tanga fio dental?

Kylie Minogue: "Come into My World"

Esta música é para os gays.

Elliott Smith: "A Fond Farewell"

Esta música é para Bruce, o Segundo.

I see you're leaving me and taking up with the enemy.

Eles gostam de verdade um do outro, Naomi. Qualquer um consegue ver isso. Estão se apaixonando, e isso deveria ser uma coisa boa. Deixe os dois em paz. Ofereço-me para consolá-la nesse meio-tempo.

Stevie Wonder: "As"

Esta canção é para Ely.

Naomi, *você sabia* que o amor verdadeiro não pede nada em troca?

Se chegou até este ponto da playlist que fiz para você, com certeza sabe que, enquanto Shuggie Otis funciona em qualquer posição numa lista, este não é bem o caso de Stevie Wonder. Ele tem ótimas músicas, as antigas; mas elas se sobressaem ao resto das faixas. Não concorda?

Mas existe um motivo para incluí-lo. Stevie Wonder. A conexão. Ele ➔ toca ➔ piano. Segundo as histórias exageradas de diversos moradores antigos deste edifício, você e Ely também tocavam. Suas interpretações de "Chopsticks" eram lendárias.

Você me ofereceu um lampejo de esperança, por isso estou enviando um pouco dela em troca.

Tenho certeza de que, um dia, você e Ely vão tocar "Chopsticks" juntos novamente.

✌

Merle Haggard: "Blue Yodel"

Esta canção é para o *Yodel*.

Minha mãe dizia que nada é capaz de curar a tristeza tão bem quanto um bom *yodel*. Ela ensinou para mim e para meu irmão a técnica vocal com os melhores: Jimmie Rodgers, Don Walser, Merle Haggard.

Experimente. *Yo-de-lê-ííí-hu!*

Ramones: "I Wanna Be Your Boyfriend"

[e]

Prince: "If I was Your Girlfriend"

Esta canção é para nós dois: o futuro?

Os Ramones pegavam pesado nos seus quereres: queriam ficar sedados. Queriam viver. Queriam simplesmente ter um programa para esta noite. Queriam ser seu namorado.

Eu toparia qualquer um desses quereres com vc.

Cuz sometimes I trip on how happy we could be. Please!

$$\boxed{\textbf{BRUCE, O SEGUNDO}}$$

SAIR

— Por que fez aquilo? — perguntei a ele.

— O quê?

Ele não faz ideia mesmo.

— O beijo. Por que me beijou daquele jeito? Na frente de todo mundo?

Não é que nunca tenhamos nos beijado em público antes. Já nos beijamos e agarramos (até certo ponto) bastante, e às vezes tem gente por perto. Se eu pudesse, esvaziaria o Central Park só para nós dois, mas como sei que isso é impossível, não me importo quando ele me beija em lugares assim. Porque também não consigo esperar. Estou sempre querendo estar perto dele, de um jeito que me assusta e, de vez em quando, me deixa muito, muito feliz.

Só que, daquela vez, foi diferente. Ele só estava me beijando para demonstrar algo, e me senti irrelevante.

— Eu deveria chamar o síndico — comenta. — Não é que não goste dele; o cara é ótimo. Mas, em geral, é bom ter o porteiro perto da portaria.

Sempre me perguntei por que não existem porteiros mulheres (porteiras?) em Nova York. Acho que é o último resquício de machismo na Big Apple. Ninguém parece estar nem aí. Tipo, não há problema algum em colocar uma mulher atrás do balcão de uma recepção para interfonar para você, lhe pedir um táxi ou ligar para a polícia se você chegar se arrastando e sangrando, mas basta colocá-la em frente a uma porta e ela se transforma em uma inútil chorona. Sinto vontade de perguntar a Ely o que ele acha disso, mas percebo que estou me desviando do assunto.

— Sério — insisto —, por que você me beijou na frente de todo mundo?

Ely me olha como se eu fosse mais do que um idiota, porém menos do que um gênio, e diz:

— Você acreditaria se eu dissesse que foi porque, naquele exato momento, eu simplesmente tive vontade de beijá-lo, e não estava nem aí para quem estivesse vendo?

Será mesmo? Ely definitivamente já fizera aquilo antes; aquele puxão espontâneo, aquela escapada rápida para um vão escuro, aquela mordida safada (safada!) na orelha no banco de trás do táxi. Noite passada mesmo, ele me beijou num caixa eletrônico, atrasando minha transação bancária e apertando o botão para traduzir a operação para russo e chinês (ou seria japonês?), para que pudéssemos continuar nos comunicando através de línguas. Eu estava bastante consciente das câmeras, de saber que apareceríamos em algum vídeo granulado que acabaria sendo postado na internet por algum segurança na Índia que ganha dois dólares por hora para fazer o monitoramento daquela agência. Era um ato performático, mas tudo bem, porque era uma performance anônima. Bem diferente do que aconteceu no bingo, na frente de todas aquelas pessoas.

Por outro lado, talvez o problema esteja em mim. Pois confesso que sempre que ele faz isso, sempre que demonstra com tanta clareza o quanto me quer, uma parte inegável de mim fica pensando: *Por quê?* Estou muito mais para Napoleão do que para Dynamite, mais para massinha de modelar Play-Dough do que para um cara da *Playguy*. Ele é um fofo, eu sou um Fofão, nunca vou conseguir me esquecer disso. Nem por um único instante me sinto à vontade com ele, por ser tão mais lindo do que eu e tão mais experiente. Pergunto-me se é por isso que ainda nem chegamos perto de ir para a cama. Talvez, a pior parte de ter perguntado sobre o motivo daquele beijo é não conseguir acreditar que sou um motivo bom o bastante.

Ely, porém, não parece incomodado com a pergunta. Só um pouco espantado. E, já que ele sempre parece um pouco espantado, aquilo acaba passando batido, se perde em meio à noite. Ainda não escureceu completamente, e estamos indo para o Museu de História Natural, já que fica aberto até tarde na sexta-feira, e podemos pagar o quanto quisermos pela entrada sem achar que estamos nos aproveitando das múmias, esquivando do preço sugerido.

Hoje, ainda não consegui conversar com Ely, e sei que preciso. Não apareci em seu apartamento na hora certa; suas mães estavam num momento de tensão, e Ely estava animado para me mostrar a maquete que está fazendo para a aula de arquitetura. Aí teve o bingo, onde minha cabeça se distraía o tempo todo, pensando no que tinha acontecido hoje de manhã. Acho que, na verdade, eu já fizera bingo havia umas quatro rodadas antes de finalmente anunciá-lo, mas como não estava prestando muita atenção, não tenho certeza. Além disso, eu estava torcendo para que a Sra. Loy dissesse qualquer coisa como "estou de trombas, seu maricas!", algo que sempre quis introduzir em minhas conversas, mas nunca consegui encontrar um jeito de fazê-lo. Tipo "ora, bolas!". É uma expressão ótima, mas não há como usá-la. Não na minha vida, pelo menos.

— E aí, pronto para ver "Smell!"? — pergunta Ely, porque é isso o que vamos fazer: assistir a uma exposição ultrapopular sobre cheiros que é o assunto do momento.

— Até fiz uma chuca nasal hoje de manhã — retruca.

Ele ri. Adoro quando ele ri, porque não é uma dessas pessoas que ri por qualquer motivo. É preciso conquistar uma risada de Ely, e quando estou com ele me pego falando coisas que são dignas de risadas. O que me faz gostar mais de mim mesmo.

E, sim, tudo isso também me assusta.

Não entendo por que não conto tudo para ele agora mesmo, antes de entrarmos no museu. Sinto-me tão bobo, tão infantil, por estar assim preocupado. Deve ser algo pelo qual Ely já passou, provavelmente até mesmo antes de aprender a andar. Sou tão amador.

Se eu continuar falando, se continuar fazendo piadas, Ely não vai saber o que estou pensando, não vai saber o que está me preocupando. Não me conhece bem o suficiente para enxergar os sinais de advertência, para ser capaz de, com um único olhar, já dizer: "Ei, qual o problema?" Nunca vivi isso com ninguém, para falar a verdade. Só comigo mesmo. Conheço meus próprios sinais.

O assunto da conversa acaba indo parar em Naomi, como sempre.

— Simplesmente não entendo — comenta. — O Outro Bruce era perfeito para ela: o poste perfeito. Perdidamente devotado a ela. — Ele hesita. — Mas acho que sim, de certa maneira, faz todo sentido. Ela adora um conflito. E provavelmente o único conflito que conseguiu ter com ele foi quando discutiu consigo mesma se devia ou não lhe dar um pé na bunda.

Odeio isso. Sinto como se a culpa fosse minha. Ele está muito magoado. No começo, confessara isso; naquela primeira semana em que estava esperando ela ligar, esperando a pomba aparecer pairando sobre o oceano. No começo da semana, ele pulava só de ouvir o algum telefone tocando... até mesmo quando estávamos dando uns amassos, até mesmo em algum lugar constrangedor, como no cinema ou num restaurante. Depois, à medida que os dias foram passando, ele foi ficando melancólico. Ouvia o telefone e falava: "Talvez seja ela." Antes de conferir, terminava o que quer que estivesse fazendo; e ainda assim, ficava decepcionado ao ver que não era ela.

Claramente, o prazo de uma semana foi um divisor de águas. Depois que o fim da amizade completou seu Sabbath, depois que tiveram aquela briga nas caixas de correspondência, as coisas começaram a ficar feias. Ele entregou os pontos e enviou uma simples mensagem de texto para ela: "E aí, não tem nda p me dizer?" Então, dois dias depois, chegou a resposta dela:

"Não."

Com isso, ele decidiu que também não tinha nada para dizer. E portanto, não disseram mais nada. Desde então.

Ely jura de pés juntos que não tem nada a ver comigo, que a amizade deles é grande demais para terminar somente por causa de um cara.

Espero que seja mesmo verdade.

Mas não acredito.

Tentei conversar com Naomi por conta própria, mas ela nunca atendeu minhas ligações. Deixei recados de voz na sua caixa postal dizendo que sentia muito, que aquilo não tinha sido planejado, explicando que não foi intencional, mas simplesmente algo que eu precisava fazer. Minhas desculpas provavelmente duraram mais do que todo o nosso namoro. Nas poucas vezes em que cruzamos sem querer um com o outro — como no bingo —, ela me encaixou ao lado de Ely embaixo de seu manto de invisibilidade emocional. Como se agora eu fizesse parte dele, estivesse perdido na terra dos banidos.

A exposição "Smell!" não está tão lotada quanto pensávamos. Logo no início, há um gigantesco nariz na horizontal, e deveríamos entrar pelas narinas. Embora algumas pessoas ao nosso redor tenham um ar extremamente sério, como se fossem professores de olfato ou algo assim, não conseguimos deixar de agir como menininhos de 8 anos com fetiche por meleca.

— Seu nariz está escorrendo! — grita Ely.

— Você pode até achar que é bizarro!

— Mas é catarro! — gritamos juntos.

Brincamos com enormes pelos nasais, depois passamos por algumas cavidades olfativas. Quando saímos, Ely me puxa de lado, parecendo extremamente sincero.

— Tenho que lhe fazer uma pergunta — diz ele, tocando meu braço de leve.

O gesto é oposto ao beijo apressado no bingo. Sob a iluminação de uma membrana mucosa cintilante, preparo-me para o que vem pela frente.

— Não precisa responder se não quiser — continua ele, chegando mais perto e olhando no fundo dos meus olhos. — Mas eu estava pensando... Você me amaria do mesmo jeito se eu me chamasse Glândula?

Não consigo me conter ou me proteger. Respondo:

— Eu amaria você mesmo que seu nome fosse Glândula e o sobrenome, Nasal. Eu amaria você mesmo que se chamasse Excreção.

— Sério?

— Sério.

É assim que consigo — que conseguimos — lidar com isso: ser sério de um jeito nada sério.

Mas, ainda assim... No fundo, as coisas sérias continuam presentes.

A sala seguinte tem um monte de perfumes e uma explicação de como são feitos. Fico um pouco incomodado com a origem do âmbar cinzento, mas consigo superar o choque. Então, chegamos à parte dos amplificadores de narina, que você pode colocar no nariz para sentir diferentes aromas. Todo o restante fica bloqueado, parece o mesmo que usar fones de ouvido. Experimento alguns (são descartáveis, para meu grande alívio higiênico), e sou recebido pelo mais profundo e puro aroma de amêndoa que já senti na vida, com direito a sabor. Então paro de um jeito ridículo ao sentir o aroma de café, e não consigo mais bloquear o que aconteceu de manhã. Está ali, e não consigo escapar do que aquilo significa.

Devo ter demorado demais naquela estação, pois sinto a mão de Ely no ombro e o ouço dizendo:

— Ei, cuidado; se exagerar, talvez não consiga dormir à noite.

Tiro os amplificadores e os atiro no lixo. Mas embora o odor se dissipe, os pensamentos não. De certa maneira, Ely e eu passamos para outro andar, porque mesmo que ele não diga "Ei, qual o problema?", reconhece imediatamente que há algo errado, e não vai deixar a coisa passar batido entre nós até ter certeza de que estou bem.

Portanto, admito:

— Acho que saí do armário para minha mãe esta manhã.

Por que achei que ele daria risada de mim? Por que achei que falaria "Ah, isso não é tão ruim assim"? Por que achei que fosse algo que só teria importância para mim?

— Ai, Bruce! — exclama, e então apenas estende a mão e passa o polegar suavemente sob meu olho, enxugando a lágrima que parece ter passado o dia inteiro pendurada ali.

Há gente demais ao meu redor, e falo isso para ele, então Ely me leva a uma sala mais tranquila, com um daqueles dioramas que ninguém visita mais detalhando a vida cotidiana de um esquimó em 1950. Sentamos num banco, ele segura minha mão e me pede para contar o que aconteceu.

Talvez não seja tão ruim quanto achei, porque, embora tenha voltado a chorar um pouco, me pego sorrindo e digo:

— Na verdade, foi por causa do seu nome.

Conto a ele como parecia uma manhã como todas as outras: meu pai tinha saído para trabalhar e minha mãe estava tomando café. Eu havia passado a noite em casa para lavar umas roupas e fazer uns trabalhos que não consigo fazer no dormitório. Em geral, minha mãe e eu conversamos sobre as aulas e coisas assim mas, nesta manhã, a primeira coisa que me perguntou foi "Quem é Ellie?".

No começo, não entendi nada. Repeti: "Ellie?"

Foi só quando ela completou com um "O que aconteceu com aquela tal de Naomi?" que entendi de quem ela estava falando.

"Não deu certo", respondi, imaginando que a coisa pararia aí.

Mas não. Ela prosseguiu: "Bem, isso significa que essa Ellie deve ser alguém e tanto."

Devo ter parecido um cervo paralisado pelos faróis de um carro, porque minha mãe colocou a caneca de café na mesa e disse: "Desculpe. Eu precisava do telefone daquele médico para quem liguei do seu celular na semana passada porque o meu estava descarregado. Por isso, sem querer vi o seu histórico de chamadas, e me chamou a atenção haver tantas ligações para Ellie. Eu sei, eu sei... deveria ter pedido permissão para usar seu celular, mas você estava dormindo, e achei que ficaria mais irritado comigo por acordá-lo do que por usar seu celular sem pedir. Precisava muito daquele número; minhas costas estão me matando outra vez."

O mais bizarro é que, conhecendo a mente da minha mãe depois de passar dezoito anos sob seus efeitos, eu tinha certeza de que aquela história era a mais pura verdade. Ela só passou dos limites quando pensou que poderia falar sobre aquilo comigo.

Mesmo assim, eu deveria ter deixado para lá. Poderia ter falado simplesmente: "É só um amigo". Ou então: "Não é ninguém."

Mas não queria mentir. Não queria dizer a verdade, mas também não queria mentir.

Por isso, falei: "É *Ely*, mãe. Um cara."

E aí

adicionei

"Ele é meio que meu namorado."

Sinto um pouco de vergonha por dizer isso a Ely agora, pois ainda não havíamos conversado sobre aquela palavra que começa com n. Mas ele não contesta; apenas pergunta:

— E o que foi que ela disse?

Então conto que ela disse "Isso quer dizer que você é gay?", chocada demais para parecer aceitar ou desaprovar aquilo.

Então, respondi: "Não. Só quer dizer que não sou hétero."

Ficou muito claro que nenhum de nós estava preparado para ter aquela conversa, e nem esperava fazer isso naquele momento específico, enquanto ela tomava aquela caneca específica de café.

Aí aconteceu a coisa mais esquisita de todas: a manhã continuou. Eu claramente havia alterado alguma coisa, mas ainda não era possível reconhecer o formato dessa alteração. Ela não disse "eu te amo" nem "eu te odeio". Apenas confessou: "Desculpe por ter olhado o seu celular", e eu falei: "Tudo bem, não tem problema. Conseguiu marcar a consulta?" E ela perguntou: "O quê?", e respondi: "Com o médico", e ela assentiu e falou: "Uma da tarde, na hora do almoço", e eu: "Que sorte."

Não tínhamos a menor ideia do que estávamos fazendo.

— Então — digo agora a Ely —, não sei o que vou encontrar da próxima vez que voltar para casa. Não sei nem mesmo se minha mãe vai ou não contar para meu pai.

— Quer que eu vá até lá com você?

Balanço a cabeça e digo que não; que provavelmente esse não é o melhor momento para conhecer meus pais.

Ele dá risada. Sinto-me um centímetro melhor.

— Acho que você não precisou passar por isso — comento.

— Na verdade, precisei, sim — responde, chutando meu pé, de brincadeira. — Comigo foi totalmente diferente, mas mesmo assim, me deixou *completamente* apavorado.

Mesmo correndo o risco de ser óbvio, pergunto:

— Mas por quê? Você tem duas mães.

— Exatamente por isso. É difícil demais para explicar. É que, de certa forma, era o *esperado*. Elas se esforçaram muito, quando eu era pequeno, para que meu mundo não fosse inteiramente gay. Não porque tivessem vergonha do que são, mas porque queriam que eu tivesse o mesmo tipo de opções que qualquer outra criança. E acho que parte de mim concordava com isso: eu queria ser diferente delas. Seria o cara normal; não, "normal" não é a palavra certa. Seria o cara mais convencional, talvez. Me convenci de todas as coisas que queria: jogar nos Yankees, casar com Naomi em uma festa enorme, apresentar uma garota para minhas mães, para que finalmente tivessem uma filha. Achava sinceramente que isso iria acontecer, que eu seria capaz. Não queria que as outras crianças achassem que eu só estava sendo gay porque minhas mães também eram. Tentei ser hétero. Não é ridículo? Eu? Mas sim, tentei. Foi uma fantasia engraçada. Só que, no fim das contas, eram os garotos que eu queria beijar. Você ainda tem opções, mas eu sabia que alguma coisa, não sei exatamente o quê, já havia me definido. Só precisava descobrir o que era essa definição e aceitá-la.

"Quando finalmente percebi que precisava ser quem eu era, minhas mães meio que surtaram. Tiveram medo de que eu só estivesse fazendo aquilo para provar que estava do lado delas. Na verdade, precisei, de fato, convencê-las de que verdadeira, real e genuinamente gostava de pintos. Isso, sim, é que foi uma conversa engraçada!"

— Não tenho certeza se vou falar sobre esse assunto hoje à noite com os meus pais — brinco, fazendo uma nota mental para mim mesmo de que, até então, minhas experiências com pintos se limitavam às que tive com o meu próprio.

— É, guarde essa conversa pederasta para uma ocasião melhor, tipo o Dia de Ação de Graças.

— Ora, bolas! — exclamo.

A sensação é ótima.

— Ora, bolas?

— É. Ora, bolas.

— Este seria um ótimo momento para confessar que fuma crack.

— Desculpe. Pode continuar.

É a vez de Ely de parecer tímido.

— Não tem muito mais o que dizer — confessa. — Quando as verdadeiras cores do meu arco-íris se mostraram, minhas mães só faltaram criar um perfil para mim na xy.com. Quer dizer, teve uma vez em que eu estava olhando a foto de um cara pelado no meu computador, e aí fui atender o telefone ou algo do gênero e me esqueci de fechar o navegador.

Então, minha mãe Susan foi usar o computador antes que eu tivesse tempo de fechar a janela. Achei que ficaria puta da vida mas, em vez disso, a única coisa que disse foi: "Ely, você sabe que não me interesso nem um pouco por isso."

Tento imaginar minha mãe tendo uma reação parecida, mas não consigo.

— Não esquenta — diz Ely. — Já namorei outros caras que passaram por coisas parecidas. Tudo sempre termina bem. Quer dizer, teve um cara, Ono, que foi chutado para fora de casa, mas você não está morando com seus pais mesmo. Além disso, tenho certeza de que seus pais são bem mais legais do que os de Ono. O pai dele ameaçou chamar a polícia. Sério. Ele disse: "Pai, sou gay." E o pai começou a gritar dizendo que ia chamar a polícia.

Não posso dizer que adoro o rumo dessa conversa, mas ele está tentando me ajudar do seu jeito, da mesma forma que estou tentando manter os "outros caras" bem longe da nossa sala do esquimó.

— Será que não seria melhor sairmos? — pergunto.

— Claro — diz Ely, levantando-se e me oferecendo a mão.

Quando a seguro, ele me puxa com força, e não me solta. Quase fico com medo de que queira me beijar ou me agarrar ou simplesmente me abraçar ali mesmo. Pareceria inapropriado, e acho que ele percebe isso. Portanto, apenas me gira uma vez, como se estivéssemos dançando. Então, quando eu tropeço, diz:

— Passo de esquimó. — Em vez de rir, me olha sério para ver se estou bem.

Solto sua mão, e começamos a voltar para o lugar de onde viemos. Fazemos um desvio perto dos dinossauros, da

152

baleia-azul e das aves-do-paraíso. Conversamos sobre outros assuntos, principalmente sobre as pessoas ao nosso redor.

Só quando passamos pela porta de saída e estamos descendo os primeiros degraus da entrada do museu é que Ely me diz, aparentemente do nada:

— Sabe de uma coisa, tenho orgulho de ser meio que seu namorado.

— Ora, bolas! — berro, no meio da noite.

— Bolas, não! — grita Ely, em resposta.

E, naquele momento, meu coração ascende rápido demais para sentir medo de cair.

STARBUCKS

NAOMI

Starbucks: é onde a vida acontece.

Alguém deveria me contratar para criar slogans.

As pessoas vêm para Nova York para serem diferentes, mas eu vou para o Starbucks para ser igual.

Não importa se você entra num Starbucks em Kansas City ou em Manhattan: tenho certeza de que terá uma experiência muito parecida em ambos. A mesma decoração. O mesmo café tedioso de sempre. Os mesmos atendentes mal pagos gratos por recebem plano de saúde. A mesma *world music* de merda como música ambiente, para lhe fazer acreditar que aquela ©orporação acredita nos princípios do comércio justo.

Starbucks: o grande equalizador.

Não, gostei mais do primeiro slogan.

Ely é melhor do que eu em tudo, menos em Starbucks. É por isso que este é o único lugar em que poderíamos nos encontrar.

Ele chega atrasado e desaba na poltrona que guardei para ele no fim da mesa, onde há um símbolo de ♿. Era o único lugar vago dali, e se algum cadeirante chegar, todo mundo vai ficar com tanta raiva de Ely quanto eu sinto agora.

— Não sabia que estava falando *desse* Starbucks — resmunga, ignorando o Frappuccino que deixei na mesa para ele. Ely odeia Frappuccinos. Tem a ver com uma ressaca terrível por causa de um cara babaca e com vômitos horrorosos depois que o cara babaca lhe deu um pé na bunda fenomenal. — Achei que o da Astor Place estivesse vetado para meus piolhos. Fiquei vinte minutos esperando por você no Starbucks do outro lado da St. Marks. Não recebeu minhas mensagens? Ou agora está tão passiva-agressiva que não se sujeita nem mesmo a responder minhas mensagens?

Não: estou tão passiva-agressiva que sequer me dei o trabalho de ligar o celular.

⌛

— Tá de brincadeira, né, Naomi?

⌛

— Não vai nem *falar* comigo?

Podemos passar por isso sem precisar falar nada.

Não estou aqui para fazer recriminações furiosas do tipo: "Você roubou meu namorado, Ely! Roubou minha confiança — em VOCÊ, não nele."

Não consigo falar nada, porque meu estoque de mentiras acabou.

Se disser agora o que realmente sinto, Naomi & Ely jamais voltarão a ser Naomi & Ely novamente.

Por que foi necessário que você roubasse meu namorado para eu finalmente entender que nunca vai me amar como eu te amo?

Se eu dissesse algo, provavelmente seria ameaçador e ridículo, como: "Sempre imaginei nossa filha com seus olhos lindos, e quem sabe seu queixo e, com sorte, sem o nariz de Ginny. Com a risada da Susan e o cabelo sensacional da minha mãe. Ela teria suas habilidades matemáticas, e minha desconfiança em ruas com números primos. Teria uma alma própria que sempre protegeríamos, juntos."

Quando é que acaba a mágoa? Preciso de um cronograma.

Ely não quer perder ⌛. Coloca na mesa o primeiro item: meu "kit mocinha", com itens femininos que eu guardava no que antigamente era minha gaveta no quarto dele, mas que, agora, provavelmente virou a gaveta onde Bruce, o Segundo, guarda suas coisas.

— Não posso ficar esperando para sempre, Naomi. Vamos acabar logo com isso. Apesar de você ter ficado muda, estou certo de que suas mãos ainda têm a capacidade de me entregar sua parte do combinado.

O rosto de Ely está vermelho demais. Acho que ele está pegando um resfriado. Eu deveria ter escolhido o Starbucks da St. Marks. Lá, eles deixam o termostato dois graus acima do daqui. Por que sou tão babaca?

Continuo incapaz de falar, mas estico a mão para baixo e pego do chão a caixa com as coisas dele.

Se ao menos pudesse me dar uma garantia, Ely. De que a mágoa que faz meu coração parecer uma pedra dentro do peito, imóvel, se eu soubesse que essa dor um dia acabaria e pudesse sentir esperança de novo, em relação a mim, a você e a nós dois, talvez meus lábios conseguissem se 🦋, e pudéssemos seguir em frente. Fim.

Eu me lembro desta sensação. Quando minha mãe Susan descobriu que minha mãe Ginny estava tendo um caso com o pai de Naomi... eu me lembro de ter pensado: "Já era? Acabou? Será que vão se separar?" Minhas mães. Os pais de Naomi. Mas em seguida percebi que... não, *perceber* não é a palavra certa. *Perceber* parece que foi algo que descobri, e não algo que senti. Digamos então que eu *soube*. *Soube* pela primeira vez que, quando se diz que um casal está se separando, não é somente aquela relação que está se partindo. De certa forma, todos os envolvidos acabam se partindo em dois também. Cada uma das minhas mães estava se partindo. Cada um dos pais de Naomi estava se partindo. Naomi estava se partindo. Eu estava me partindo. E a reação — *minha* reação — foi aguentar firme o máximo possível. Para tentar manter as coisas unidas. Porque abrir mão seria o fim de tudo. Abrir mão seria assassinar aquilo que um dia existiu.

Talvez Naomi e eu não tenhamos aprendido nada. Ou talvez a história apenas se repita eternamente, até se tornar tão desgastante que as amarras que o mantêm inteiro se rompem. Não sei. A única coisa que sei é que isso não parece correto. Mas, se Naomi não quer falar comigo, não há como acertar nada.

Estou com tanta raiva dela.

Tecnicamente, o que estamos fazendo é o contrário de uma separação. Estamos reunindo nossos pertences. Devolvendo-os a seus donos legítimos. Como se uma cortina de ferro tivesse caído entre nossos apartamentos, e estivéssemos trocando refugiados.

— Aqui — ofereço-lhe, entregando a camiseta que diz ♥ JAKE RYAN o relógio do Pokémon, os DVDs do *Dawson's Creek* e o pijama da Hello Kitty; aquele em que desenhei uma boca na maldita gatinha, porque ficávamos horrorizados por ela não ter como falar, como se fosse uma espécie de gueixa dos desenhos animados, vulnerável a qualquer cachorro que aparecesse na sua frente.

Ela recolhe tudo que coloco na mesa e não diz uma palavra.

— Como estão as coisas com Gabriel? — pergunto.

Correm boatos de que ele está com um caso grave de *Naomisite*, a ponto de, um dia desses, terem ouvido o cara assoviar "Signed, Sealed, Delivered" quando ela estava checando a correspondência.

Nenhuma resposta.

— As coisas entre mim e Bruce estão ótimas — comento. — Obrigado por perguntar.

A verdade é que tenho a sensação de que as coisas com Bruce estão por um fio, embora eu não saiba direito por quê. Eu me pego com frequência imaginando o que ele estaria pensando, como nunca fiz com qualquer outro garoto.

Sei que não é exatamente de bom-tom mencionar Bruce para Naomi, mas só estou querendo arrancar dela alguma reação. Qualquer uma.

Em vez disso, porém, Naomi deixa cair na mesa uma sacola com todos os meus pertences.

Quando ele ri, sinto vontade de rir também. Quase sorrio para ele.

Ely está olhando nosso painel favorito de balões de fala da Hello Kitty, no ombro esquerdo do paletó do meu pijama. Uma das gatinhas ronrona com a caligrafia de Ely: "Mim amar você muito tempo." A seguinte, com a minha letra, observa: "Nenhuma gatinha boazinha gostar de estereótipos racistas." A última Kitty promete, em garranchos de Ely, ao redor do ombro: "Ficaria muito satisfeito em lhe dar prazer no momento em que lhe for mais conveniente."

Agora parece o momento certo para a troca de filmes. Pego o clássico que compartilhamos e o devolvo para ele.

— Não precisava me devolver isso — diz Ely, esticando o braço para pegar o DVD de *Mount Fuckmore*. — Ver héteros transando me dá calafrios.

Encontramos aquele DVD numa lata de lixo, no verão seguinte ao nono ano da escola; a descoberta mereceu uma noite no apartamento dele enquanto suas mães estavam fora. E, se sinto vontade de rir agora, não é por ver Ely sentado no estabelecimento de bebidas mais salutar do mundo, segurando o que juro, por Lincoln e Jefferson juntos, que é a capa de DVD mais *imunda* da história dos fundadores deste país. Sinto vontade de rir porque me lembro daquela primeira vez em que assistimos a *Mount Fuckmore*, quando Ely pausou o vídeo na parte mais nojenta de todas, virou-se para mim e perguntou: "Sabe aquela música que diz '*You're a grand old flag, you're a high-flying flag*'"? E respondi: "Aham", e ele continuou: "Bom, aquela parte que fala '*Every heart beats true 'neath the red, white, and blue/ Where there's never a boast or brag*'"?", ao que assenti novamente, e ele: "Bom, isso é uma mentira total. Essa *música inteira* é sobre vaidade e ostentação!". Então concordei: "É verdade, você é um gênio!", e nós dois caímos na cama dele de tanto rir.

Eu me recuso a aceitar aquele DVD de volta. Por mais que a pornografia me intrigue, ao mesmo tempo me faz sentir insuportavelmente triste e vazia por dentro. Como se não houvesse nada o que desejar.

Descobrir *Mount Fuckmore* em tão tenra idade provavelmente foi o que me deixou tão ferrada em relação aos homens. Quer dizer, tudo bem, tem toda a situação com meus pais, e a bagagem de Ely, e a estranha convergência da minha aparência, do meu corpo e meu temperamento babaca, além do jeito nojento que os homens nojentos me olham desde que fiz 14 anos. Mas, mesmo assim, jogo a culpa em *Mount Fuckmore*.

Estou pouco me fodendo para como estão as coisas entre Bruce e Ely. Mas como ele sabe a respeito de Gabriel?

Como alguém pode ser tão fracassada quanto eu? O porteiro mais gostoso da história dos precursores deste país, e de seus prepúcios, gosta de mim de verdade — "gosta-*gosta*" —, e não consigo retribuir o sentimento porque estou tomada pela mágoa, e também porque sei que, se gostar dele, se permitir que isso aconteça, vou ferrar com tudo no final. E então, não só vou ter que evitar meu ex-melhor amigo pelos corredores, como também serei obrigada a evitar entrar e sair do meu próprio prédio. O que seria esquisito, além de impossível, logisticamente falando.

Mas quer saber, Sr. Lincoln? Gabriel é tãããããão gato. Sério mesmo. Quero taaaaaaanto deixar rolar.

Queria taaaaaaanto ter a mínima noção de como interpretar a playlist que gravou para mim.

— Esse aí é meu cinto de glitter? — pergunta Ely.

Não quero devolver o cinto. Quero que Ely diga que posso ficar com ele. É o cinto que nos une. Se eu ficar com o cinto, se Ely sugerir isso, talvez nem todas as esperanças estejam perdidas.

Balanço a cabeça, concordando.

Ele estende a mão para pegar o cinto.

Sei que a coisa anda muito mal quando um vislumbre de glitter acaba me deprimindo. Acho que só queria vê-lo uma última vez. Então, coloco o cinto de volta na caixa dela.

— Pode ficar com ele.

É triste que eu já não o queira mais.

Fiquei com todas as coisas que quero guardar. Todos os bilhetes e cartas que trocamos. Os desenhos nos jogos americanos de papel que ela me entregava como uma criancinha orgulhosa toda vez que íamos a algum restaurante onde havia giz de cera na mesa. As bijuterias de feltro que fizemos um para o outro. O moletom da NYU que ela comprou para mim quando descobriu que eu tinha sido aceito; a carta de aceitação dela só chegou no dia seguinte, e fui obrigado a correr para o metrô para retribuir o presente na mesma hora. Os absorventes, a pornografia, os prendedores de cabelo, os livros de Plath e Sexton; posso devolver isso tudo para ela. Mas algumas coisas precisam continuar sendo minhas, senão a destruição será completa demais.

Não, para mim não dá mais. Empurro a caixa na direção dela novamente.

— Pode ficar com tudo. Ou jogar fora, sei lá. Doar para a caridade. Mandar pelo correio para algum orfanato para mudos como você. Se a ideia era me deixar ainda mais triste, você conseguiu com honra e louvor. Espero que esteja muito orgulhosa de si mesma. Bravo.

Levanto para ir embora.

NAOMI

Isso é muito, mas muito pior do que eu tinha imaginado.

Ele está realmente chorando ao se levantar para ir embora. Não está soluçando como a criatura patética que eu me sinto agora, mas lágrimas mancham suas bochechas vermelhas, e os olhos estão molhados, e ele insiste em me olhar bem dentro dos meus olhos; não desvia o olhar, nem mesmo para baixo. É como se estivesse espremendo cada grama de matéria do meu coração.

No futuro, juro que nunca mais ouço nenhum conselho de Bruce, o Primeiro. A troca de pertences foi sua última ideia insone, e acabei topando quando ele sugeriu a Ely, mais para aliviar minha consciência de brincar com os sentimentos do pirralho do que qualquer outra coisa. E também por curiosidade.

E também porque sinto muita saudade de Ely.

Empurro na direção dele o saco de plástico cheio de
que Ely e eu roubamos de diversos restaurantes ao longo dos
anos. Mas guardei comigo a coleção de sachês de creme para
café. Ely não parece notar a discrepância.

Sinto saudade do meu pai, também.

Já me acostumei com isso.

O problema é que não consigo ver nenhuma saída no caso
Naomi & Ely. Nem entrada.

— Você realmente não tem mais nada para dizer, Naomi?
— Seus olhos imploram: "Por favor, não faça isso, Naomi.
Ainda dá tempo de recuar." — Não consigo acreditar que
está disposta a abrir mão de tudo o que temos juntos por
causa de um cara.

Preciso fazer isso. Como é possível que Ely não entenda?
Por que acha que o motivo é o lance com Bruce? Isso foi
apenas a gota d'água. O que está em pedaços agora é todo o
meu sistema de crença no planejamento do futuro conjunto
de Naomi & Ely.

Há bastante espaço para mim no lado vazio da cama
de desespero da minha mãe. Espero que não demore tanto
quanto ela para me recuperar e seguir em frente.

Como é possível que Ely jamais tenha me desejado? Nem
ao menos uma vez? O que há de errado comigo?

Finalmente tenho palavras a dizer. Coloco a mão no
cinto de glitter vermelho. *Meu* cinto de glitter vermelho.
Obrigada, Ely.

— O cinto fica melhor em mim — digo.

E é por isto que vou amar Ely até meu último suspiro: ele ri.

Seu nariz começa a escorrer. Entrego-lhe um Kleenex.
Por algum motivo, acho que ele nunca esteve tão lindo.

Com lágrimas nos olhos, as bochechas molhadas, o nariz escorrendo, rindo e chorando ao mesmo tempo. Meu garoto.

— Vai falar comigo agora? — pergunto.

Quem imaginaria que arrancar uma única frase sarcástica da boca de Naomi seria um desafio tão grande?

Ela apenas balança a cabeça, abrindo aquele sorriso triste.

Tudo bem. Acho que vou aceitar o que tenho. E, quem sabe, um pouco mais.

Comigo é assim.

Naomi entende. Ou, pelo menos, preciso acreditar que entende.

Nunca brincamos tão bem com os outros. Somente um com o outro. Talvez essa seja mais uma razão para isso tudo estar sendo tão difícil. Ou tão ridículo. Ou tão necessário. Ou as três coisas.

— Preciso ir — digo.

Então, deixo espaço para que ela diga: "Não vá." Deixo espaço para que ela diga "É tão difícil" ou "É tão ridículo" ou "É tão necessário". Deixo espaço para que se levante e me dê um beijo na bochecha. Ou para que me mande abrir o saco de giz de cera para grafitarmos os copos de café abandonados. Ou para que me diga que houve algum engano.

Mas ela não me diz nada. Nem mesmo adeus.

E, porque ela não me dá nada, não lhe dou nada em troca.

Difícil, ridículo e necessário.

BRUCE, O PRIMEIRO

IGUALMENTE

Hoje é o primeiro dia do resto da minha vida. Hoje é o primeiro dia do resto da minha vida.

Agora, se o malabarista que está divertindo uma turma de turistas no meio do Washington Square Park ficasse *quieto* por um segundo, eu teria, com esses binóculos, uma visão melhor de quem são as pessoas sentadas no mesmo banco que Naomi, do outro lado do parque. Já sei qual é o *onde* da vida de Naomi depois de mim; se pudesse apenas saber o *com quem*, talvez conseguisse o ponto final de que preciso para seguir com minha vida.

O dia de amanhã talvez tenha de se contentar em celebrar o primeiro dia do resto da minha vida.

Os enxadristas ao meu lado estão impacientes; querem ocupar minha mesa de xadrez. Mas Docinho de coco está tirando um cochilo tão gostoso nela... Está banhando-se ao sol, que brilha em seu rosto contente. Não tenho coragem de tirá-la daí. Quem sou eu para incomodar o sono tranquilo de alguém? A única coisa que posso fazer é invejar. A única coisa que posso fazer é invejar o sono da Sra. Loy, também. Ela está sentada num banco a alguns metros de distância da nossa mesa, segurando a bengala, com o queixo apoiado no peito.

— Você não é um bom stalker.

A voz vem de trás de mim. Viro para olhar. Ah, não.

Coloco os binóculos em meu colo, sobre a bolsa da Sra. Loy que coloquei ali por motivos de segurança enquanto ela dorme. Ele hesita por um momento — pelo menos isso! —, como se soubesse que a melhor reação teria sido agir como se não tivéssemos notado a presença um do outro. Se tivesse um pingo de decência, reconheceria que o melhor era não nos reconhecermos por mais um segundo torturante sequer, e simplesmente daria o fora.

Mas, sim. Ele se senta no banco vazio à minha frente.

Por que será que o universo me odeia?

— O que está fazendo aqui? — pergunto a Bruce, o Segundo, alinhando as peças de xadrez em posições de início de jogo. Ele poderia ser útil para alguma coisa, já que está aqui.

— Acabei de sair de uma aula naquele prédio. — Aponta na direção do prédio universitário que fica no lado do parque onde Naomi está, depois segura um peão. — Não posso começar o jogo a menos que você tire ele daqui — comenta, apontando para a chihuahua adormecida.

— Docinho de coco é fêmea.

Ele não mostra nenhum respeito pelo sono tranquilo. Pega a cachorrinha e a levanta, apoiando a mão embaixo de sua barriga.

— Não que seja algo do que se gabar — retruca —, mas se examinar direito, verá que, na verdade, ela é macho.

Confiro. Bruce, o Segundo, não estava brincando quando disse que Docinho de coco não tem nada do que se gabar.

Além de tudo, o cachorro não tem a menor lealdade. Docinho de coco se aninha no colo de Bruce, o Segundo para continuar dormindo.

Movo uma das minhas torres. Já que estamos falando em sexualidade flutuante, informo a Bruce, o Segundo:

— Você não parece gay.

Camisa Lacoste e calça chino? *Dá um tempo.*

— E como um gay é?

— Diferente de você.

— Obrigado pelo voto de confiança.

— Que tipo de música você curte?

— Por que estou com a sensação de que isso é um teste de homossexualidade?

— Porque talvez seja mesmo.

— Então não sei. Gosto de muitos tipos de música diferentes, mas não sou obcecado como Ely. Gosto de música clássica. E dos Beatles. — Acho que esse Bruce não é completamente horrível, porque percebe minha expressão de decepção e acrescenta: — E acho que gosto de algumas músicas da Madonna também...?

— Pelo menos isso. — *Faça-me o favor!* Música clássica? Beatles? Alguém precisa reprogramar o gosto musical desse cara para a rádio arco-íris.

— Pelo menos *você*, Bruce, poderia tentar não dar na cara que está bancando o stalker — retruca, enquanto come meu bispo.

Meu jogo está péssimo.

— Estou tentando, cara. Estou tentando.

Tenho a sensação de que ele acredita em mim. É melhor que acredite mesmo. Estava falando sério, embora não pareça capaz de conseguir o que estou tentando: esquecer Naomi.

— Se eu lhe contasse com quem ela está conversando ali naquele banco, isso o ajudaria?

— Não. — Pausa. — Sim.

— Ela está ali com a Robin de Schenectady e algum outro cara...

— Gabriel?

— Não, Gabriel não. Por que acha que seria Gabriel?

Há-há! Será mesmo possível que eu esteja em posse de informações que ainda não vazaram para os ouvidos de Ely?

— Gabriel gosta de Naomi. Gravou uma playlist de presente para ela, e os dois estão sempre trocando olhares pelas caixas de correspondência. Só que, ao mesmo tempo, ela mal dirige a palavra a ele. Dizem que gravou uma playlist em troca, mas que só tinha umas merdas estilo rádio Z-100, e o cara ficou horrorizado...

— Horrorizado por se ligar que ela deve todo o gosto e conhecimento musical descolado a Ely?

— Exato.

— Pensando bem, acho que Ely está sabendo desse lance de Naomi com Gabriel. — Droga. — Mas, uma vez que Naomi se recusa a falar com ele... — o gelo entre Naomi e Ely é algo que não me incomoda nem um pouco, para falar a verdade — duvido que esteja planejando ajudar Naomi nessa.

Tenho quase certeza de que odeio e desprezo esse cara, mas o universo precisa reconhecer a verdade universal: é fácil conversar com outro Bruce. Quase consolador.

— Como sabe disso tudo sobre Gabriel e Naomi? — pergunta ele.

— A mãe dela me contou.

Naomi também não está mais falando comigo, embora não tenha me dado gelo como fez com Ely. Estou autorizado a lhe mandar e-mails e mensagens, porém não a falar nem a cumprimentá-la quando estamos no prédio. Não se comunicar verbalmente comigo faz parte da sua campanha do Amor jogo duro, segundo me informou. Para me ajudar a esquecê-la, da mesma forma que tem que fazer com Ely. De acordo com Kelly, minha irmã, Naomi está prestando um serviço público a todos nós. Talvez esteja mesmo. Não sei. Talvez eu precise dormir um pouco para entender melhor.

— Acho bem difícil de acreditar — comenta Bruce.

— A mãe de Naomi conta comigo para lhe fornecer Ambien. Pode acreditar.

— Isso é ilegal.

— Tão ilegal quanto as quinhentas vendas de drogas que estão sendo feitas aqui neste parque enquanto conversamos.

— Acha que os turistas vão perceber agora ou só mais tarde que suas carteiras foram roubadas enquanto prestavam atenção no malabarista?

— Só mais tarde.

— Concordo — diz Bruce, o Segundo. — Estou preocupado.

— Comigo?

— Não, você vai ficar bem. Só precisa largar esses binóculos e fazer amigos da sua idade. Talvez se ligar de que é um cara bonito e gente boa, que provavelmente várias garotas da sua escola gostariam de conhecer melhor se parasse de ficar comparando todas elas com Naomi... Mas, tirando isso, está tudo bem com você.

— Obrigado. — Acho. Já que ele parece querer me conhecer melhor, acrescento: — Como escreveu um grande homem: "Não sou nada de especial; disso, tenho certeza. Sou só um homem comum com pensamentos comuns. Não há monumentos em minha honra, e meu nome em breve será esquecido. Mas já amei outra pessoa de corpo e alma e, para mim, isso sempre bastou."

— Aristóteles?

— Nicholas Sparks.

— Qual livro?

— *O Caderno de Noah.*

— Chorei no final de *Um Amor para Recordar.*

— Do livro ou do filme?

— Do filme.

— O livro é melhor.

Havíamos ido longe demais em nossos próprios amores para recordar quando um rastafári branquelo se aproxima da nossa mesa.

— E aí? — diz o rasta, gesticulando para o bolso da frente da calça. Nós dois sabemos que isso não é o assédio de um pervertido.

— NÃO! — gritam os dois Bruces.

O rasta branco ruma para a mesa seguinte, e Bruce, o Segundo observa:

— *Isso* é o que me preocupa. Por acaso, o cara que está sentado no banco com Robin e Naomi, do outro lado do parque, é o aluno traficante que atende a maioria dos moradores dos alojamentos da NYU.

— E como sabe disso?

— Meu ex-companheiro de quarto do primeiro ano foi expulso do dormitório por andar com maconha que comprou dele.

— Não brinca! — Penso na situação, depois chego à minha própria conclusão: — Pff, não se preocupe. Naomi pode até estar a fim de experimentar mais algumas drogas, mas aquela Robin de Schenectady é chata e certinha demais para deixá-la fazer algo desse tipo.

— A menos que esteja desesperada para se livrar da sua versão certinha.

— Mais ou menos como você fez?

Não faço esse comentário como um insulto, e ele não o encara como tal. Em vez disso, ri.

— Mais ou menos — admite. — Só que prefiro pensar que deixei a parte do desespero de lado. — Sua jogada seguinte no xadrez permite que declare: — Xeque.

Não sei por quê, mas me sinto aliviado por não ter ofendido Bruce. Apesar disso, nós ainda estamos sofrendo por causa d'A Situação. Preciso saber se vale a pena.

— Você o ama? — pergunto a Bruce, o Segundo.

Suas mãos cobrem a rainha enquanto ele decide para onde movê-la e como responder.

— Talvez.

Preciso saber.

— Como é essa coisa?

Estou me referindo à parte amorosa, e não ao sexo; *realmente* não estou a fim de saber dessa parte. Instintivamente, ele parece entender isso. Responde com um sorriso feliz, não um sorriso tarado, e olha diretamente em meu olho, como somente um Bruce é capaz de fazer com outro.

— É maravilhoso. — Ele olha para baixo, corando de leve, e acaricia o cachorro. Quando seus olhos voltam a se levantar para encontrar os meus, acrescenta: — Também é assustador. Assustador *de verdade.*

E, instintivamente, sei que está falando da parte amorosa, e não da parte gay. Pedra cobre papel.

Nunca senti por Naomi esse tipo de sorriso que vejo no rosto de Bruce. Com ela, não foi maravilhoso. Nem assustador. Acho que não era amor. Era uma *missão.* Tesoura corta papel.

Mais uma coisa. Bruce, o Segundo adiciona:

— É maravilhoso, e assustador, e Ely e eu estaríamos curtindo muito mais se não fosse por Naomi.

— É. — Dou de ombros. — Mas ela vai superar. — Eu também vou. Acho que agora consigo acreditar nisso.

— Espero que sim. Mas não é legal ver que está tão magoada. Fizemos o possível para acertar as coisas com Naomi, mas ela não quer. Não existe mais nada que eu possa fazer a respeito. Acho que, por enquanto, vou apenas me esforçar em fazer as mães de Ely gostarem de mim. Talvez elas sejam um obstáculo mais fácil de ultrapassar do que Naomi.

O Monte Everest talvez seja um obstáculo mais fácil de ultrapassar do que Naomi.

Há mais uma coisa que preciso saber:

— As mães dele convidaram você para o brunch de domingo?

— Sim — responde ele.

— Então você está dentro.

Ele sorri e me entrega Docinho de coco. Em seguida faz sua jogada.

— Xeque-mate. E daqui a quinze minutos tenho aula de economia deste mesmo lado do parque. — Fica de pé.

— Você é um Bruce decente, Bruce — digo a Bruce.

Ele sorri de novo. Eu deveria comprar para ele uma camiseta de grife com uma das amigas da minha mãe que trabalham na Bendel de presente de aniversário ou algo assim, para ajudar a dar um toque mais gay ao seu guarda-roupa.

— Valeu, Bruce — agradece. — Igualmente.

AMIGOS

Bom, eu estava conversando com meu fornecedor Gerald e disse, Olhe, tem essa garota, e o mais esquisito é que consigo realmente conversar com ela e tal sem ficar todo assustado ou distraído, e ele falou, Beleza, e eu digo, é, eu confiava nela de verdade e sabia que ela gostava de mim e dos mesmos filmes que eu e essas coisas, e Gerald perguntou, Então qual é a crise?, e expliquei, O problema é que, se dependesse de mim, ela nunca tiraria a roupa, o que fez ele dizer, Então ela é baranga, e eu falei, Não, não, não, você não tá entendendo, ela é muito bonitinha de um jeito bonitinho, e se eu não a conhecesse, talvez até trepasse com ela, mas conheço, e por causa disso não quero trepar com ela, só quero fazer essas merdas sabe, tipo conversar com ela e beber com ela e fazer trabalhos da faculdade com ela, porque quando fazemos essas paradas juntos, não é nem de longe tão chato quanto nas vezes em que faço tudo isso sozinho, porque de vez em quando ela dá uma risada ou resmunga e eu digo, O que foi? e ela me conta a coisa mais aleatória do mundo, e aí fico achando sensacional, só que não quero transar com ela. E Gerald disse, Cara, sabe que existe uma palavra para esse tipo de relacionamento, não é?, e eu falei, Por favor, me diga qual é porque isso está *me matando*, e Gerald sorriu e deu um trago longo antes de me dizer, Amizade, cara — isso aí se chama amizade. E aquilo realmente me acalmou, ou pelo menos achei que acalmou, porque era tão óbvio e imaginei que deveria ser óbvio para ela também e que ficaríamos numa boa com tudo isso, só que ao mesmo tempo não paravam de rolar uns momentos estranhos em que eu tinha a sensação de que ela estava tentando transformar tudo aquilo em algo além de amizade — tipo, colocar sempre a mão no meu ombro ou pedir uma massagem nas costas e uma vez até dizer, Eu topo sair com você!, quando perguntei se ela estava a fim de assistir a um filme do Fassbinder no Anthology. Então pensei, *Cara, você provavelmente está exagerando, porque essa garota é esperta, se liga, ela não está a fim de um cara fodido que nem você*. Mas a coisa continuava no ar, e o negócio é que, embora eu realmente gostasse dela como pessoa, não achava que gostava dela como garota, porque quando você está a fim de uma garota, existe uma faísca — dá pra sentir isso —, mas com ela não tinha faísca nenhuma, só conversas e esse tipo de coisas. Então, uma noite, depois que vimos *La Dolce Vita* no Film Forum, saímos para beber, e acho que ela esperou até eu já ter tomado uns três drinques, porque minha cabeça estava parecendo uma gelatina quando me perguntou alguma coisa do tipo O que está rolando entre nós?, e eu respondi algo como, Somos os Supergêmeos Robins, ou algo idiota do gênero, e ela falou, Não, essa resposta não é boa. Vou repetir, o que eu sou pra você?, e mesmo que eu estivesse cem por cento sóbrio, não sei se conseguiria responder a essa pergunta, porque odeio quando você é obrigado a dar definições para coisas que são maiores do que as definições — e isso na verdade é um elogio, mas ela não entendeu dessa maneira. Saquei o que estava perguntando, e pensei em como tinha parecido tudo tão simples quando Gerald e eu conversamos. Não sou um imbecil — sabia que introduzir na conversa aquela palavrinha específica que começa com "a" e termina com "migo" envenenaria o momento, porque quando uma menina pergunta se você está a fim de sair com ela, a última coisa que quer ouvir é o quanto a amizade entre vocês é sensacional, o que é uma merda, porque você pode muito bem estar falando aquilo *do melhor jeito possível*, só que, mesmo assim, vai parecer que está entregando a ela um saco cheio de bosta. Não consegui pensar em mais nada para dizer, porque não ia falar, Ei, Robin, você não tem nada que me deixe de pau duro, portanto admiti, Você é minha amiga, e eu estava falando sério, mas ela encarou aquilo do modo horrível como eu já sabia que faria, só que em vez de chorar ou de tentar provar o contrário, ela simplesmente pegou o drinque que tomava e atirou na minha cara. Cara, vou dizer uma coisa, já atiraram muita cerveja em mim, mas aquilo foi completamente diferente — não só fiquei todo pegajoso depois como entrei em um estado de metachoque, porque embora o ato físico daquilo tivesse sido ruim, o que ficou mais destacado foi aquele lance existencial de *Alguém atirou um drinque na minha cara*. Por um instante, pensei que ela também fosse atirar o copo. Ou mandar eu me foder. Mas não, o que ela disse foi apenas, Já chega, e me olhou por um segundo com um olhar de raio laser, e naquele momento rolou um *pou!*, uma faísca *total*. Ela ficou sexy pra caralho, e estava sexy pra caralho porque não fazia a menor ideia disso. Sua mão tremia quando colocou o copo de novo na mesa, e ela estava obviamente tão surpresa quanto eu com aquela história toda de atirar o drinque na minha cara, mas o mais sensacional foi que ela bancou a parada, estava disposta a assumir sua raiva e dar o fora daquele bar, e eu sabia que não havia a menor chance de fazê-la ficar, e fiquei triste, porque não só estava perdendo a única amiga decente que já tive na vida, como também estava perdendo uma amiga que eu, de repente, sentia vontade de pegar. Ela deixou a conta para que eu pagasse, o que foi completamente injusto, porque ela sabe que toda a grana que ganho com as drogas vai direto para o meu fundo de filmes analógicos (foda-se o digital), mas ver Robin sair pisando duro daquele jeito valeu cada estouro no meu cartão de crédito. Eu sabia o que precisava fazer — mandar uma mensagem de texto, telefonar, mandar um e-mail, dar a ela todas as possibilidades possíveis de me rejeitar. Se a conseguisse de volta com facilidade, não valeria a pena, porque então as coisas continuariam iguais a antes. Mas, se ela peitasse a briga — se realmente ficasse louca por mim... Bom, aí a coisa seria completamente diferente. No começo, a bombardeei, mas logo bati em seu muro de silêncio. Bom sinal. Então, descarreguei a segunda rodada — toda aquela palhaçada de Oh-como-fui-idiota. Consegui que ela me mandasse parar com aquilo. Então parei. Construí meu próprio muro de silêncio, mas deixei bem claro que havia deixado uma escada para que ela subisse. Só precisava que alguém mostrasse isso para ela, e é aí que entra Naomi — a gostosa, sexy, arrasadora e enlouquecedora Naomi. Fazia algum tempo que falávamos em fazer um filme juntos, que seria somente eu seguindo-a por aí, vendo a cidade do seu p.d.v. Tipo um reality show, só que de verdade. Ela tem essa qualidade de estrela — brilhante, afiada. E o melhor de tudo para mim é que sabia que ela e Robin andavam conversando bastante, principalmente depois que Naomi perdeu seu melhor amigo gay. Por isso, liguei para ela e disse, É, deveríamos nos ver para decidir se vamos mesmo fazer esse filme, e foi perfeito, porque Naomi respondeu, Você só está tentando fazer isso para conseguir a Robin de volta, e no começo eu falei, Não, não, não — e esperei uns dez minutos até confessar para ela, Naomi? Sabe aquilo que você falou? Sobre Robin? E se for meio que verdade? E ela simplesmente caiu na gargalhada, se ofereceu para me ajudar, disse que eu tinha chances e quis ser a pessoa que iria acertar tudo entre nós. Que amiga. Ela disse, vou ao parque com Robin, por que não aparece lá por acaso e diz que quer conversar sobre o filme?, e então eu dou uma desculpa e digo que tenho que ir embora. Ela inclusive me mandou usar a camisa azul, porque era a preferida de Robin, e no começo tive vontade de dizer algo como, Porra, tenho umas vinte camisas azuis, mas o mais legal de tudo é que eu sabia exatamente de qual ela estava falando, porque sempre senti que Robin gostava daquela camisa. Só por garantia, perguntei se Robin estava saindo com alguém, e por um segundo pareceu que ela estava com um chiclete engasgado na garganta. Então falou que isso provavelmente não era uma questão, mas que eu deveria agir da melhor forma possível.

E foi assim que acabei combinando que Gerald cuidasse de repassar a erva para cruzar por acaso com Naomi e Robin no parque hoje de tarde. Quando cheguei ao banco onde elas estavam, Naomi começou um monólogo imenso sobre como estava para retornar minha ligação sobre o filme, e tive o cuidado de olhar para ela, mas ao mesmo tempo ficar lançando uns olhares a Robin, para que ela percebesse que eu estava fazendo aquilo, mas não achasse que eu soubesse que estava sendo muito óbvio. Tive medo de que ela se levantasse e fosse embora mas, em vez disso, sua postura deu a entender que era eu quem deveria ir. (Claro que Naomi continuou falando sem parar, então eu estava a salvo.) Ela não pareceu feliz em me ver, o que é ruim, mas também pareceu triste em me ver, o que é bom. Robin sempre faz esse papel de Sou-só-uma-garota-de-Schenectady mas, como meu pai é de Albany, sei que Schenectady foi uma cidade que cresceu à base de aço, e se ela também for feita de aço, vou conseguir toda a confusão que adoro. Naomi faz uma pausa por um segundo, como se tivesse de repente percebido o quanto aquilo era estranho, e sei que essa é minha deixa para olhar bem nos olhos de Robin e dizer um simples oi. Como um menininho que diz, Sei que não devia ter riscado a mesa de jantar com o giz de cera, e me sinto péssimo e triste por você estar brava comigo, mas agora que já passei uma hora de castigo no meu quarto, posso, por favor, sair e ver que está tudo bem de novo? O negócio é que eu não estava fingindo aquilo; era realmente como estava me sentindo, porque vê-la em vez de ficar pensando nela é algo incrivelmente intenso e tenso, e ela me fuzila com o olhar, mas não está com raiva o suficiente para que as balas me alcancem, então elas simplesmente caem no chão entre nós, e ela continua meio irritada comigo mesmo assim, mas eu simplesmente penso: *Ah, balas de fuzil! É tão* sexy o jeito como ela queima de raiva. Naomi de repente começa a observar alguma coisa, e Robin pergunta, O que foi?, e ela responde, Estou vendo Bruces, o que, se estivesse chapado, seria a coisa mais brilhante que eu já teria ouvido, mas como estou na mais perfeita condição, simplesmente acho estranho. Preciso ir, diz Naomi, e Robin se levanta para ir também, mas digo, Por favor, fique mais um pouco, e caramba, é a primeira vez na vida em que consigo alguma coisa pedindo por favor. Naomi sai e Robin pergunta de novo, O que foi?, e eu quase sinto vontade de dizer, Estou tão na sua que nem tem mais graça. Sei que você me quer, mas quero você ainda mais. Vou dar o melhor de mim, porque talvez haja um motivo para que isso seja considerado o melhor. Talvez haja um motivo para tudo isso ter demorado tanto para acontecer, porque se eu tivesse levado você para a cama no dia em que nos conhecemos, a coisa nunca teria terminado assim. Eu sempre seria o capitão. Mas agora, quem está no comando é você. Estou fazendo lances o tempo inteiro, mas só para que você faça uma única jogada. Qual será ela? Mas o que realmente digo é, Naomi vê Bruces em toda parte. É a última coisa que ela esperava que eu dissesse, e acha engraçado, por mais que fique decepcionada por eu querer ser só seu amigo. Não gosto mais de você, diz ela. E eu digo, Queria que ainda gostasse. E ela pergunta por quê, e dessa vez tenho a resposta. Digo que Não importa se gosta de mim ou não, ainda assim, gosto de você. Gosto de verdade. Ela diz, Você é um canalha. E eu respondo É, mas seria *o seu* canalha se você quisesse. (Eu *não digo* que também seria seu amigo, mas existe esse lado também. Sim, existe.) Ela faz um ruído de desdém, e penso, *É isso aí, você é de aço.* Então olho para ela o mais diretamente possível e digo, com toda a calma e completa vulnerabilidade do mundo, Posso lhe pagar outro drinque?

ATAQUE

Bon Jovi: "Livin' on a Prayer"

Não sei o que dizer para ela.

Ela tem um péssimo gosto musical.

Portanto, digo:

— É contra as regras da administração do prédio dormir no sofá do saguão.

De sua posição fetal, deitada no sofá verde-limão, Naomi me lança aquele olhar feroz que eu jamais sonharia em querer domar. Está mais do que chapada, portanto o calor de seu olhar se esfria com o brilho fosco que circula seus olhos cor de mel.

— Você não vai me encher o saco por causa disso, vai? — pergunta.

— Quer ajuda para subir para casa?

Com certeza ela preferiria dormir na própria cama.

— Por favor, me deixe gastar a onda aqui, e não lá em cima com minha mãe.

Às quatro e meia da manhã, os insones finalmente já foram para a cama. Somente daqui a uma hora os escravos de Wall Street começarão a sair em disparada pelo saguão, atirando-me roupas para lavagem a seco que mais tarde serão recolhidas pelo serviço de lavanderia, e depois saindo porta afora para ganharem ou perderem milhões; seus próprios ou dos outros.

Se ficar no sofá, de preferência acordada, consigo pelo menos uma hora sozinho com ela. Com Naomi, nunca sei se quer conversar de verdade ou se prefere limitar nosso diálogo a mensagens e olhares dissimulados. Há muito sobre ela que eu realmente gostaria de saber.

— Não me importo de você descansar no sofá — explico-lhe —, mas sou obrigado, pelo código de conduta da portaria, a lhe informar das regras da administração.

Não acredito que agora minha vida seja trabalhar segundo um código de conduta de portaria. *Regras da administração.* Não acredito que falei essas palavras em voz alta.

Naomi nunca me disse nada além de "obrigada" em relação à playlist que gravei para ela. A mesma na qual coloquei meu coração.

Reconheço que nem todo mundo se sente tão preso quanto eu ao código de conduta implícito da troca de playlists. É por esse motivo que esse código provavelmente deve ser implícito apenas para mim.

Ela provavelmente não deve entender. Maior até do que meu desejo de que me veja como mais do que seu porteiro é meu desejo — desejo não, *necessidade* — de saber, com detalhes, cada opinião sobre cada uma das canções, dos artistas, das letras: de quais músicas gostou, e por quê? Quais mais ouviu, e quais se viu pulando automaticamente? A ordem das músicas; reparou no fluxo entre uma e outra? Admirou as transições? Sentiu meu coração batendo dentro de cada faixa?

Ou será que estou pedindo demais?

Talvez simplesmente nem tenha escutado.

Talvez, se eu entendesse por que casualmente me deu em troca uma playlist que ela mesma gravou, composta por... em nome da boa educação, vou chamar aquelas músicas de "altamente suspeitas" em vez de "completamente chatas", meu desejo de esquecer esse interlúdio da nossa tênue conexão desaparecesse.

Tiro meu paletó de porteiro e o coloco em seus braços trêmulos e arrepiados.

— Mas aviso que vou encher seu saco por causa do Bon Jovi — brinco.

Britney Spears: "(You Drive Me) Crazy"

— É uma música ótima para malhar! — defende-se Naomi. — Mas, se quer mesmo saber por que a coloquei na playlist, a resposta é que não tinha muito o que escolher. É que não sou muito ligada em música. Basicamente, as únicas que tenho são músicas que Ely gostava, ou coisas que baixei para ouvir quando saio para correr.

Não existe suspiro alto o suficiente para expressar minha profunda decepção com Naomi.

— Gabriel. — Ela hesita, depois aponta um dedo para mim. — Vou acabar com sua raça se desrespeitar a Britney ou o Bon Jovi. Não porque eu seja fã, mas porque não há nada de errado com eles.

Nada de *errado*. Só que também não tem nada de particularmente *certo*.

Mas, caramba, respeito o espírito de luta que ela tem. Naomi pode me atacar sempre que quiser.

Dixie Chicks: "Don't Waste Your Heart"

Provavelmente é perda de tempo perguntar a Naomi como pôde sequer conceber a ideia de gravar uma playlist que vá de Britney Spears a Dixie Chicks sem colocar nenhuma música no meio para fazer a transição.

Provavelmente estava pensando em Ely quando escolheu esta música, e não em mim.

Perguntar coisas demais a uma garota completamente bêbada é provavelmente só perda de tempo mesmo.

Em geral, garotas bêbadas me brocham — não por estarem bêbadas, mas pela vontade de *ficarem* bêbadas —, no entanto, a bebedeira dessa garota faz com que ela baixe aquela guarda de sempre. Talvez isso seja algo bom. Ela tem assuntos a resolver e, portanto, é melhor que os desembuche em vez de fumá-los ou, num passo seguinte, cheirá-los ou injetá-los.

Cansada e chapadíssima, confessa:

— Achei que minha primeira vez seria com Ely, sabe? Não é ridículo? Esperei por ele. Já ele nunca esperou por mim. Quer dizer, nunca na vida consegui ficar de igual para igual com ele. Nem na escola nem nos namoros. Principalmente no quesito garotos. Ele sempre estava muito, mas muito à frente.

Acho que dá para entender por que alguém desejaria se embebedar se a pessoa que amou a vida inteira não só não corresponde seu amor, como também não a esperou.

Acho que, talvez, eu queira ajudá-la a entender que existem maneiras melhores de lidar com esse problema.

Green Day: "Poprocks & Coke"

Não tenho certeza se quero saber como esta música veio parar aqui.

Será Naomi uma das pré-fãs ou pós-fãs do Green Day? Quero dizer, será que começou a gostar da banda com o *Dookie*, do início da carreira, ou será que só descobriu os caras depois que um monte de garotas de 12 anos começou a curtir "Boulevard of Broken Dreams"?

Naomi boceja.

— Sei lá. Tem uma pegada legal para uma música sobre drogas.

— *O quê?*

Isso já é sacrilégio. OK, a música realmente tem uma pegada legal, mas ela fala de devoção e saudades, e não sobre ficar chapado. Sento na extremidade vazia do sofá, e é tentador colocar os pés dela em meu colo e oferecer-lhe uma massagem mas, tirando o fato de que o código de conduta dos porteiros consideraria essa conduta específica extremamente inapropriada, é ainda mais tentador descobrir como Naomi pode ser tão musicalmente desinformada.

— Por que acha que essa música é sobre drogas?

— *Poprocks. Coke.* Craque. Coca.

— Mas isso é só o título. As palavras "poprocks" e "coke" nem chegam a aparecer na letra.

— Ah. — Quando Naomi me olha, nunca sei se o que sinto por baixo de seu olhar é realmente atração ou mero desinteresse. — Isso tem tanta importância assim? — Ela fecha os olhos.

Claro que tem tanta importância assim.

Posso ver seus seios subindo e descendo enquanto ela respira sob meu paletó.

Eles também têm importância.

Sinto vontade, mas não vou desistir dela.

Destiny's Child: "Bootylicious"

Acho que ela ainda não está preparada para o meu gingado, então deixo que cochile. Fico olhando.

Quando chegou em casa esta noite, antes de se refugiar no sofá do saguão, ela veio me ver na portaria. Eu deveria estar assistindo às imagens captadas pelo sistema de vigilância do exterior do edifício, mas na verdade estava vendo *Court TV*. Imaginei que Naomi faria o número que sempre faz quando vai me ver na portaria; ou seja, penetrar até o centro da minha alma com seus olhos e depois não dizer mais nada além de "oi" antes de se afastar, certa (e com toda a razão) de que eu não desgrudaria os olhos do balanço provocante de seus quadris. Talvez, mandar uma mensagem sugestiva do elevador.

— Oi — disse ela, com a voz rouca e os olhos vermelhos e dilatados.

Assenti e não disse nada, pronto para saltar da portaria e segurá-la caso ela caísse no chão.

Esperei que ela se afastasse na direção do elevador. Em vez disso, anunciou:

— Esta noite iríamos julgar o Robin-homem por crimes contra mulheres, por isso ele disse "Tudo bem, mas só se eu puder filmar tudo", o que só demonstra por que ele precisa ser julgado *mesmo*, não concorda? Caramba, que cara mais egocêntrico. Porém, a Robin-mulher, que torço sinceramente, muito mesmo, para que parta o coração dele falou, "Bom, precisamos de um júri imparcial", e então sugeri: "Gabriel deveria ser o juiz, porque ele é um arcanjo."

É isso o que me preocupa: as associações nada originais que Naomi faz com nomes e músicas.

Por outro lado, ela pensa em mim quando não estou por perto. Agora sei disso.

Gosto disso. Dilui minha preocupação e a substitui por esperança.

— Então por que não veio me procurar para que eu presidisse o júri? — perguntei.

— O Robin-homem saiu atrás da sua Super-8, mas em vez disso encontrou o narguilé, e então deixamos o julgamento para lá.

Meu pai acha que estou perdendo uma grande oportunidade de crescimento por não frequentar uma universidade, mas suspeito que ele esteja errado.

Enquanto Naomi cochila no sofá, eu a observo. Pode até estar dormindo em posição fetal, mas seu cabelo sedoso que repousa no braço do sofá e as pernas nuas expostas por baixo da minissaia são sensuais para cacete, e ela não parece nada infantil naquela posição. Seu sono é tudo, menos tranquilo. A respiração é irregular, e seu corpo solta espasmos. Imagino-me deitado na cama ao seu lado, afagando aquele cabelo, com a perna sobre a dela, abraçando-a e confortando-a.

Ela cheira à maconha. Não é um cheiro ruim: apenas triste.

Se fosse seu namorado, eu a estimularia de maneiras muito mais saudáveis.

Musicalmente. Fisicamente. ⌐. Espiritualmente.

Belle & Sebastian: "Asleep on a Sunbeam"

Hipnotizado assistindo à Naomi dormir, devo ter pegado no sono também. Acordo com o som de passos no piso de mármore.

Ely está de pé à nossa frente, sozinho. Cadê o namorado?

Por mais estranho que seja ver Ely voltar sozinho para casa, também não deixa de ser um alívio. Seria esquisito se Naomi acordasse e visse Ely, mas, se Bruce estivesse ali ao lado... seria simplesmente doloroso.

Esta deve ser uma das canções de que Ely gosta.

Agora é a vez dele de absorver a visão de Naomi enrolada no sofá. Os olhos de Ely observam seu cabelo, o corpo protegido pelo paletó do meu uniforme, depois os pés, e finalmente seus olhos seguem adiante. Para mim. Ao lado dela.

Não sei o que devo fazer. Não que esteja com medo de que Ely me denuncie por quebrar o código de conduta profissional. Ele estaria, na verdade, até me fazendo um favor ao causar minha demissão.

É que o silêncio entre nós e o olhar esquisito e doloroso que trocamos expõem o fato de que estou sentado no lugar que pertencia a ele.

Faço menção de me levantar, mas Ely balança a cabeça e faz um gesto para que eu continue sentado.

— Sem grilo — sussurra.

Eu o observo caminhar até o elevador.

Às 5h30, sou obrigado a acordar Naomi. Bato suavemente em seus tornozelos.

— Naomi — sussurro. — A qualquer instante, as pessoas vão começar a aparecer. É melhor se levantar.

Ela abre os olhos e me dá um sorriso preguiçoso.

— Que rosto bom de ver logo que se acorda de manhã.

— Continua chapada. Satisfeita, mas com a guarda ainda baixada.

Ela se sente feliz em ver meu rosto ao acordar. Já é alguma coisa.

Naomi se senta, espreguiça os braços, depois se levanta do sofá e me devolve o paletó.

— Valeu — é tudo o que diz. A guarda está tornando a se erguer. Ela se afasta na direção do elevador sem se despedir.

Não. Não podemos voltar para o "oi".

— Ei, Naomi — chamo, atrás dela.

Ela se vira para me olhar.

— Sim?

Se eu nunca pedir, como é que vou saber se estou pedindo demais?

Caminho até o elevador e pergunto:

— Gostou de alguma música que gravei para você?

A porta do elevador se abre. Entro e faço sinal para que ela entre também. Se alguém tiver roupa para mandar para a lavanderia, bem, vai ter de esperar até eu descer. Aperto o botão do 15º andar.

— Gostei daquela da Kirsty MacColl — responde, enquanto o elevador sobe. — Não conhecia nada dela até então, mas gostei tanto que fui atrás de um de seus CDs.

Bingo, como os moradores deste edifício gostam de dizer. Se eu tivesse escolhido uma única música em toda a playlist para que ela mais gostasse, teria sido a da Kirsty MacColl.

— Qual disco você comprou?

— Não comprei. Mamãe Susan "pegou emprestado" o CD da coleção de Ely. — Naomi leva o dedo indicador aos lábios. — *Shhhh,* não conte a ninguém. Ei, sabe do que mais? Você e Mamãe Susan, os dois gostam de músicas de cowboy.

— Como sabe que gosto de músicas de cowboy?

— Aquela canção do *yodel?* "Blue Yodel."

Naomi ouviu mesmo a playlist que gravei para ela.

Seu gosto musical tem potencial para melhorar. Posso sentir isso.

Naomi acrescenta, quase rindo:

— Quando você está ganhando de Susan no pôquer da madrugada, eu me sinto na obrigação de dizer que está limpando os fundos dela para comprar músicas de cowboy.

— Quais músicas, por exemplo? — Quero muito que Naomi saiba quais são essas músicas!

Ela dá de ombros.

— Tipo as daquele cara, Marty Qualquer Coisa.

Chegou perto. Está valendo.

— Marty Robbins? — pergunto. A inspiração preferida do meu pai para cantar no chuveiro.

— É, ele mesmo! Mamãe Susan costumava cantar as músicas de cowboy dele quando nos colocava para dormir.

— Qual era a sua preferida?

— Acho que se chamava "Big Iron". Só que, quando Mamãe Susan cantava a parte do *the stranger there among them had a big iron on his hip*, sempre fazia um gesto de quem estava passando uma camisa a ferro, e não o de alguém com uma Smith & Wesson. Acho que eu já estava com uns 12 anos quando descobri que *big iron* queria dizer arma, e não ferro de passar.

A porta do elevador se abre, e Naomi sai.

Não vou comentar que Susan colocava Naomi e Ely para dormir quando crianças como se fossem *irmãos*. Não havia nada ali para Naomi esperar.

— Boa noite, Naomi — digo, então aperto o botão para voltar ao saguão. — Tenha bons sonhos. *Sweet dreams.*

— Patsy Cline? — chuta, enquanto a porta se fecha entre nós.

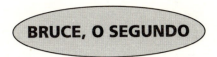

JUSTO

— Esta noite — avisa Ely — vamos a uma versão drag da Lilith Fair.

Não faço a menor ideia do que ele está falando: só entendi a parte do *drag*. O que já é suficiente para me deixar apreensivo.

Estamos no quarto de Ely, e ele está vestindo uma camisa e uma gravata, ambas cor-de-rosa. E está passando rímel. O mais perto que já cheguei de usar maquiagem foi quando minhas avós me beijavam e deixavam marcas de batom na minha bochecha.

— Vai ser demais — continua ele. — Tem uma drag queen que faz a Aimee Mann e se autointitula... bom, ela se autointitula Aimee Man, mas com um "n" só. E tem também a Fiona Adam's-Apple, e a Sheryl Crowbar, e a Natalie Merchant-of-Penis, pronunciado de forma que pareça "Venice", claro.

Claro.

Sabe qual é a verdade? Não acredito que estou pensando isso, porém é a mais pura verdade. É que, neste exato instante, deveríamos estar nos agarrando. As mães dele estão no clube do livro. Estamos sozinhos no apartamento dele, que não é como meu quarto no dormitório da universidade, onde dá para ouvir as pessoas andando pelo corredor e temos medo de que, a qualquer momento, alguém venha bater à porta, como aconteceu ontem à noite, antes de Ely ir embora desejando que eu "dormisse bem para estudar direito". Hoje, ainda estou cansado, mas com certeza também estou a fim. A coisa parecia promissora quando ele me cumprimentou com um beijo de quinze minutos, mas aí, quando começou a virar um agarra-daqui, abre-zíper-dali, ele deu para trás. E, embora saiba que já temos planos para esta noite, e saiba que ele provavelmente passou uma hora se arrumando, e saiba que vou dormir aqui e teremos bastante tempo para isso mais tarde, não consigo deixar de me sentir meio desinteressante. Quer dizer, eu é que deveria ser o cara ansioso e hesitante; o novato no mundo gay dessa história, não é? E quando ele começa a falar de drag queens como se fossem todas suas amigas pessoais, não me sinto apenas desinteressante, como também nada descolado. E despreparado. E inepto. E inseguro. Sério, basta uma despalavra para todas as outras despalavras e impalavras começarem a invadir.

— Vai ser legal — diz Ely.

Essa é a frase dele para "vamos lá, experimente". Ouço-a o tempo todo, quer ele esteja me incitando a provar comida indiana pela primeira vez (veredito: legal), ver um filme em preto e branco com legendas sobre a desintegração lenta, lenta, muito leeeeeenta de um casamento (não legal), ou lamber chantilly do peito dele (gostoso).

Ele é tão previsível com esse "vai ser legal". E eu sou igualmente previsível, porque, como sempre, embarco na proposta.

— O que é Lilith Fair? — pergunto. — Parece um lugar onde as lésbicas correm por aí vestindo fantasias do Renascimento.

— Olha, você passou perto. Foi uma turnê musical só para mulheres criada nos anos 1990 por Sarah McLachlan depois que lhe disseram que ninguém jamais pagaria nenhum centavo para ver mais de uma artista feminina no mesmo espetáculo. A coisa rendeu milhões.

— Minha roupa está boa? — Pergunta desinteressante, nada descolada, despreparada e inepta insegurança.

Sei que a maioria dos namorados daria de ombros e diria que está OK. Ou, num dia bom, que está legal. Mas o ponto forte e o fraco de qualquer conversa com Ely é a verdade direta. Portanto, em vez de um "Sim, querido, você está pronto para sair", eu recebo um "Quer pegar emprestada minha camisa da Penguin? Vai ficar ótima em você."

Graças a Deus. Acho que vai me dar uma camisa preta com babador branco, o que, no meu corpo, simplesmente me deixaria parecido com um... pinguim. Mas, pelo visto, Penguin é uma marca, pois a camisa que ele me entrega tem cinco tonalidades de verde, como uma folha de teste de impressão. Em geral, gosto de verde, mas não tenho certeza se curto tantas variações assim ao mesmo tempo.

Ely dá uma risadinha.

— Você parece assustado.Vamos escolher algo preto.

Adoro a atitude casual que ele tem com suas roupas. Sou filho único; nunca usei roupas dos outros. E ninguém nunca quis usar as minhas.

"Na dúvida, vá de preto." É o que Naomi me diria. E agora, Ely está me dizendo a mesma coisa. Fico me perguntando quem será que aprendeu com quem. Ou será que os dois aprenderam ao mesmo tempo, na sessão de orientação para Crianças Descoladas de NY, a qual faltei?

A camisa fica apertada demais em mim, mas ele não parece notar.

— Estou me sentindo pelado — resmungo. Posso ver o formato de meus mamilos.

— Aqui — sugere Ely, aproximando-se com rímel —, isso vai ajudar.

Dou um passo para trás.

— Acho que vou dispensar o rímel.

Ely sorri.

— Lápis de olho. Não é rímel, é lápis de olho.

— Gosto dos meus olhos naturais.

— Também gosto dos seus olhos naturais.

Ele faz todo um teatro de guardar o lápis, depois se aproxima e me abraça.

— Feche os olhos.

— O que você vai fazer comigo? — pergunto. Talvez guarde algum batom no bolso.

— Nada. Confie em mim.

Fecho os olhos. Sinto que ele se afasta. Depois, sinto-o perto de mim novamente. Sinto um ligeiro roçar nas minhas bochechas.

Cílios. Os cílios dele. Subindo até encontrar os meus.

— Cuidado — diz ele. — Pode ser que minha maquiagem manche você.

E eu sussurro:

— Ora, bolas.

A Lilith Fair fica no Lower East Side, numa boate na qual não tenho certeza se vão me deixar entrar.

— Não estou com minha identidade — digo para Ely.

— Se o segurança encrencar com você, mostro meu pau para ele e pronto — retruca Ely.

Isso não me faz sentir muito melhor.

Eu me sinto ainda pior quando chegamos e damos de cara com uma fila cheia de hipsters sem bunda, drag queens chamativas, aspirantes a go-go boys e carnes novas da semana.

— Acho que a divulgação caprichou — murmura Ely.

É quase legal vê-lo no meio de gente que nunca ouviu falar nele antes. Isso significa que precisa esperar na fila como todo mundo.

— Teve uma vez... — começa Ely, e quase espero que ele continue com um "no acampamento da banda de música", em referência ao American Pie. Em vez disso, porém, ele pronuncia o nome que está de quarentena: —...em que Naomi e eu decidimos ir à Night of a Thousand Stevies, só para ver todas as meninas e meninos vestidos de Stevie Nicks. Naomi achou que seria hilário ir vestida de Stevie Wonder. Teve uma drag queen que quase a sufocou com musselina. Foi hilário.

Não só disse o nome dela, como o relacionou a uma lembrança boa. Isso me dá esperanças, mas não quero falar nada para não trazer azar.

A fila está andando devagar, e algumas pessoas que estavam na nossa frente disparam pelo mesmo caminho de onde vieram, o que significa que o segurança na porta está realmente fazendo seu trabalho.

Não tenho a menor chance; ele vai me barrar.

Minha certeza não é exatamente objetiva: nunca fui barrado antes na vida, pela simples razão de que nunca me submeti ao risco de ser barrado. Quer dizer, dá para viver muito bem evitando lugares com seguranças na entrada. Esse tipo de emprego não existe nas bibliotecas nem nos supermercados.

— Como se chama mesmo esse lugar? — pergunto.

— Sei lá. Trocam de nome toda noite.

Há grandes chances de que o nome seja um substantivo pretensioso. Os nomes de estabelecimentos hipsters com seguranças que barram pessoas em geral são um substantivo pretensioso. Mais ou menos como perfumes. "Passei um pouco de Enchantress para ir ao Fugue, lá no centro." Ou: "Borrifei o pulso com um pouco de Mannerism, e fomos do Heathen para o Backwash para o Striation, mas acabamos a noite no End."

Pessoalmente, se algum dia eu abrir uma boate, vai se chamar Inquisition.

O segurança desta noite é certamente uma visão que nunca tive em nenhuma aula de economia. Um homem gigantesco vestindo algo que parece uma bolsa inflável de tecido de paraquedas. Ely dá risada quando vê o cara, mas não entendo a piada. A situação piora ainda mais quando chegamos na frente da fila e o cara olha para mim e pergunta:

— Quem sou eu?

A única coisa que consigo pensar em dizer é "Eu conheço você?", mas então Ely interrompe a conversa e exclama:

— Você é Missy Elliot! A garota negra mascote do segundo ano da Lilith Fair!

Esta é obviamente a resposta certa, mas o segurança não está a fim de me entregar o prêmio.

— Não perguntei a você — diz para Ely. — Você pode entrar, mas ele fica.

Isso não é nada menos que humilhante. Sei que Ely vai entrar porque é gostoso, e que estou sendo barrado porque não sou. Não tem nada a ver com conhecimentos musicais.

— Ah... Por favooooor? — implora Ely, batendo os cílios.

O homem balança a cabeça e começa a olhar para o cara que está atrás de mim, usando duas tranças.

— Mostro o pau para você! — oferece Ely, de brincadeira.

Isso faz o segurança sorrir e levantar a sobrancelha.

— Aqui — diz Ely e, antes que eu possa impedir, ele já desabotoou a calça e puxou a cueca, para o segurança dar uma olhada.

— Nada mau. Você é um cara de sorte. — Depois, o homem olha para mim e diz: — E você também.

Quando passo por ele, o segurança dá um tapa na minha bunda.

Não estou nem um pouco no clima para isso.

Ely é todo sorrisos, como se fosse o vencedor de um reality show.

— Você não precisava mesmo ter feito isso. — Sou obrigado a dizer.

— Relaxa. Já estou acostumado.

Acho que o que eu deveria ter dito é: "Você não deveria mesmo ter feito isso." Não que haja algo de errado; o pau é dele, pode mostrá-lo para quem quiser. De passagem. Mas é como se estivesse dando uma nova definição de si mesmo para eu analisar e me sentir inadequado. Não sou o tipo de cara que tem um namorado que mostra o pau para um estranho. Disso eu sei. E ele acabou de provar que é o tipo de cara que mostra o pau para um estranho. *E não está nem bêbado.*

Portanto.

Ergo.

Erg.

Argh.

Ugh.

Estamos em caminhos completamente diferentes agora; nossa noite se dividiu em duas direções. A dele é para cima. A minha, para baixo. A boate está lotada, e o DJ toca remixes pesados de temas Lilith tradicionalmente suaves. Ely está adorando, *adorando*. Sei disso porque começa a gritar: "Estou adorando, *adorando!*" Pega um Fiona Appletini no bar, e eu faço o mesmo, mas por um motivo diferente: o dele é para celebrar, e o meu, para escapar.

Meu namorado é um sucesso. Outros caras vêm dar em cima dele. Fica na cara que alguns devem fazer isso com frequência, mas Ely não consegue se lembrar de nenhum de seus nomes. Fica segurando a minha mão enquanto conversa com os caras. Em geral, isso me deixaria felicíssimo, cheio daquele sentimento de "é-meu-é-meu-é-meu", mas agora, só tenho vontade de dizer: "Ah, não, não, por favor, não se importe comigo, vá em frente e aproveite. Vou para casa assistir a PBS."

É engraçado, porque me ocorre que Naomi deve saber como é essa sensação. Embora ela, pelo menos, consiga se garantir. Já a minha versão de dar em cima de alguém se parece muitíssimo com mímica.

Tenho vontade de puxar Ely para um canto e perguntar: "Quem é você?" E "Por que ainda não transamos?" (Dormir juntos? Sim. Mão aqui, boca ali? Também. Até o fim? Não.) E "Por que está comigo?". Mas estou com tanto medo de parecer carente. E estou muito ressentido por não existir a versão "querer" da palavra "carente" — "E foi nesse ponto que ele ficou todo querente. 'Desculpe', falei, 'mas você tem problemas sérios de querência.'" Talvez eu tenha *mesmo* problemas de querência. Quero ir embora. Quero ficar a sós com ele. Quero ser o tipo de pessoa que tem um namorado que mostra o pau para um estranho — uma única vez, para entrar numa boate. Quero ser descolado o suficiente. Quero apagar todos esses pensamentos — qualquer pensamento, ponto final — e me divertir. Só que Ely não pode simplesmente mostrar o pau para minha querência e fazê-la ir embora.

Sinto-me como um mutante no meio de mutantes. Como o garoto que apareceu na Escola Xavier para Jovens Superdotados e descobriu que, ops, ele não tinha nenhum superpoder.

Estou tão cansado de ser sem graça. Você pode me arrumar, me dar um namorado descolado e até rir de uma das minhas piadas de vez em quando, mas minha ansiedade sempre vai entregar o jogo.

O techno-Lilith termina e o espetáculo começa. A hostess é uma drag queen autointitulada Sarah McLocklips, que começa pedindo alguns voluntários do público para a cena improvisada de abertura. Pelo visto, Paula Cole-Minor's-Slaughter se aposentou, e ninguém se deu ao trabalho de avisar aos organizadores. A música é toda playback; a única coisa que precisam é de uma Paula.

Antes que alguém possa dizer "Para onde foram todos os cowboys?", Ely já está no palco.

— Como minha amiga Naomi tem as cinco temporadas de *Dawson's Creek*, acho que conheço essa aqui de cor — fala ao microfone. Depois, aquecendo-se, acrescenta: — Esta é para Pacey, por ser o bobão. E Jen, que nunca conseguiu o respeito que merecia. E Bruce.

(— Bruce era o cara gay? — pergunta a garota ao meu lado para seu namorado coberto de piercings.

— Não, esse era Jack — responde o punk. — Irmão de Andie.

— Ah! Eu adorava o Andie! — grita a garota.)

Ely nem sequer tenta imitar Paula Cole; simplesmente berra a música a plenos pulmões como se fosse uma festa de formatura.

I don't want to wait
For our lives to be over...

Uma vez que nem Pacey nem Jen estão presentes, ele olha para mim enquanto canta. Portanto, sorrio e solto gritos animados e canto junto quando ele pede a todos para acompanhá-lo. Mas, na verdade, o que estou pensando é: "Eu também não quero esperar. E nem quero que você tenha que esperar."

Todo mundo o adora. O que posso dar a mais para ele, além do que todo mundo já dá?

Quando a música termina, ele está mais popular do que nunca. As pessoas lhe pagam drinques. Ely toca nos ombros delas ao agradecer. Não é um convite para nada;

só está sendo simpático. Teria segurado minha mão, se eu tivesse oferecido. Mas não estou oferecendo. Não me sinto apenas como se estivesse segurando uma vela; sinto como se estivesse segurando 26 delas.

Não o culpo. Direciono a culpa toda a mim. Por não ser capaz de acompanhar seu ritmo.

Finalmente peço licença e me arrasto até o banheiro. A pessoa que está na minha frente obviamente é Natalie Merchant-of-Penis, pois em sua camiseta está escrito. Ela demora tanto tempo ali dentro que sinto medo de que tenha encontrado o maníaco de número 10.001, mas, quando sai, está sozinha. Ao passar por mim, diz apenas "Só quero lhe agradecer", e não sei o que fazer a não ser assentir.

Depois de trancar a porta, faço o que tenho que fazer. E então fico ali sentado, porque me dou conta de que ainda não quero encarar Ely. Na verdade, me dou conta de que vou embora. E de que sequer vou avisar a Ely de que estou indo, pois não quero arruinar sua noite. Quero que ele fique e se divirta. Depois que eu estiver longe, são e salvo, mandarei uma mensagem. Não quero azedar a festa dele. Embora, tudo bem, admito: não me importaria se a festa dele decidisse me acompanhar porta afora.

Olho para as pichações na cabine do banheiro. Tem algumas fotos. Não entendo nem metade. Só depois que leio por uns dois minutos e a pessoa que está esperando do lado de fora começa a bater na porta é que entendo o que estou procurando: não palavras de sabedoria, e sim um espaço vazio.

Existe um lugar embaixo da frase:

"A Cura. Para os Ex? Desculpe, Nick. Você sabe. Me dá mais um beijo?"

Tiro uma caneta do bolso e escrevo:

"Ely, eu quero. Você, eu, o pacote completo. Quero alguém com quem dê certo, e não sei se esse alguém pode ser eu. Porque sou muito desinteressante e tenho muito medo."

Será que é preciso assinar quando se escreve algo assim? Imagino que, se ele ler isto, vai saber que fui eu que escrevi. E se não souber... Bom, então é que não era para ser mesmo.

Quando saio do banheiro, a pessoa que está esperando basicamente diz o contrário de "eu só queria agradecer", mas esta é a última das minhas preocupações. Vasculho a boate atrás de Ely, pensando que talvez, no fim das contas, me despeça pessoalmente. No entanto, avisto-o no bar, bebendo um drinque verde intenso e conversando com o segurança de antes e mais dois caras gays que quase parecem gêmeos. Estão todos rindo. Divertindo-se.

Eu me sinto um forasteiro. Para Ely, para tudo aquilo. Então, me dirijo ao lugar dos forasteiros: para fora.

Nunca vou me encaixar no mundo dele. Nunca.

Sei que esta é a escolha errada, mas sinto como se fosse a única possível. Portanto, é a que faço.

DE PÉ

Foi você quem ouvi roncando do outro lado da sala?

Eu não sabia que um ronco poderia chegar até onde está a Robin-mulher, sentada do outro lado do auditório, me mandando mensagens durante a aula de introdução à psicologia. Bem, pelo menos não peidei.

Foi, digito em resposta. *A nova moda de Bruce, o Primeiro, é me mandar e-mails com citações diárias inspiradoras.* Copio e colo a de hoje na mensagem e envio para Robin. "E aprendi o que é óbvio para uma criança. Que a vida não passa de uma coleção de pequenas vidas, cada uma vivida um dia de cada vez. Que cada dia deveria ser gasto descobrindo a beleza das flores e da poesia e conversando com os animais. Que um dia gasto com sonhos, crepúsculos e brisas frescas não poderia ser melhor. Mas, acima de tudo, aprendi que a vida é sentar-se em bancos de praça perto de riachos antigos com a mão no joelho dela e às vezes, num dia bom, apaixonando-se." — Nicholas Sparks

O ronco que Robin solta do outro lado do auditório é duas vezes mais alto que o meu. Schenectady sabe mesmo criar bem essa gente.

Aqui vão os dados matemáticos da aula de psico: provavelmente há cem alunos nesta sala. Oitenta por cento digita anotações em seus laptops enquanto o professor explica monotonamente sobre algum experimento doentio onde mandavam as pessoas realizarem uma tarefa sem nenhuma relação com o comportamento que os pesquisadores estavam observando (psicólogos são malvados, mas ótimos mentirosos — o que respeito muito). Os vinte por cento restantes parecem estar cochilando, enquanto metade dos que fazem anotações nos laptops com certeza devem estar conversando com alguém ou navegando por sites de namoro online em vez de prestar atenção no discurso monótono do professor. A probabilidade de eu ser reprovada nesta matéria é de aproximadamente 60/40 (a assistente do professor monótono tem uma queda por mim, mas não me dou ao trabalho de fingir uma paixonite por ela, nem mesmo para ser aprovada). Aqui estou eu, entretanto. As chances de me dar ao trabalho de ir a alguma aula ultimamente são nulas.

Porém, precisei fugir da minha mãe. Ela tirou outro dia de folga, alegando estar doente. Uma vez que não teria o apartamento só para mim — onde eu poderia passar o dia longe da faculdade — e que não conseguiria suportar um terceiro dia consecutivo deitada na gigantesca cama dela lendo revistas de moda e assistindo a DVDs enquanto ela cochila, optei por ir à aula. Só que cheguei tarde demais para conseguir um lugar ao lado de Robin, que está batendo ponto na primeira fileira.

Ela questiona:

☺ *Achei que Bruce, o Primeiro, tivesse superado você.*

Respondo:

Acho que superou. Mas jamais vai superar Nicholas Sparks. ☺

Dessa vez, nossas risadas são sincronizadas. Só que a minha é mais alta, e o professor se vê obrigado a interromper a aula para apontar para mim.

— Você aí no fundo... Tem alguma coisa que gostaria de compartilhar com a turma? Ou será que experimentos de reações humanas a torturas em animais são realmente assim tão engraçados?

Cem rostos se voltam na minha direção.

— Sinto muito — murmuro.

Menti. Não sinto muito.

Sinto vontade de me levantar e ir embora. Assim mesmo. Abandonar essa aula e abandonar essa universidade. De vez.

O problema é que não tenho para onde ir. Ninguém para me ajudar no caminho.

Ely.

É como se eu pudesse sentir seu cheiro.

Eu estava *mesmo* com vontade de escapar desse auditório, mas então o vejo pelas vidraças da porta, caminhando pelo corredor com um grupo de caras gays, facilmente identificáveis pela quantidade absurda de gel no cabelo e as roupas que não combinam cuidadosamente escolhidas; e, de repente, não é mais um esforço continuar na aula. Não há nenhum Bruce, o Segundo, à vista. Deve ser o dia da reunião dos Garotos Gays com Superioridade Musical Assumida Adeptos da Reciclagem para Criar um Ambiente Arco-Íris Mais Verde.

Então: *Ai.*

Sei que Robin está se referindo à aparição de Ely, e não à interrupção do professor.

Eles andam em bandos, sabe, respondo.

Eles quem?

😎 *Os gays.* 😎

É verdade. Perdi tempo criando regras para que evitássemos nos encontrar n'O Prédio, enquanto onde eu realmente precisava evitá-lo é Todos os outros lugares. Lá está ele, na fila do furgão do MUD Coffee em frente à loja da Virgin na Union Square, prestes a beijar Bruce, o Segundo. Ou então, vejo-o às seis da manhã sentado junto à janela do restaurante ucraniano 24h, que fica em frente ao Starbucks da esquina da 2nd Avenue com a East 9th, onde assumi residência unicamente para evitar avistar Ely; ele está jantando com um bando de amigos gays depois do que deve ter sido uma balada e tanto, usando *minha* camisa cor-de-rosa e olhando compulsivamente para o celular a cada dois minutos, embora *saiba* que não vai haver nenhuma mensagem minha. Não é mais O Prédio que é pequeno demais para nós: é a merda da cidade inteira abaixo da 14th Street.

Eu gostaria que meus olhos estivessem mentindo para mim, mas o que vejo é que Ely parece mais feliz com ele, com eles, do que jamais esteve comigo. Está mais à vontade, relaxado; como se tivesse sacrificado um elemento crucial da sua vida, mas ganhado em troca o direito elementar de não precisar mais se preocupar com uma bomba aleatória e inesperada prestes a detonar ao seu redor. Provavelmente prefere estar rodeado de gente como ele. Nem todo gay precisa usar melhores amigas hétero como acessório. *Isso* sim é uma mentira.

Robin pergunta:

E Gabriel?

Ele me convidou para ir ao Starbucks.

Isso é ótimo. Você foi?

Ainda não. Mas estou pensando em ir.

Que bom. Se Bruce, o Primeiro, pode superar as coisas, você também pode.

Fico meio espantada com a capacidade que Robin tem de digitar mensagens tão depressa, quando sei que também está fazendo anotações sobre a aula. Admiro gente multitarefa. Decido imitá-la. Abro um novo documento em meu laptop.

Ely acabou totalmente com minha sorte. Nunca ganhei quando jogava com ele sentado ao meu lado, mas desde que conseguimos encaixar uma nova agenda para o bingo em terças-feiras alternadas, descobri uma nova veia sortuda e campeã. Quem diria? Agora, quando passo pelos velhos d'O Prédio, eles me tocam para dar sorte, juro.

As gostosuras que Ely odeia. Nhammmmmmmm mmmmmmmmmmmmm.

Dawson's Creek

Ely sempre shipou o casal Dawson-Joey (e não acho que seja porque Dawson era *tão obviamente gay*; e sim porque Ely realmente acreditava que a ninfeta Joey era o verdadeiro amor de Dawson), enquanto eu sou completamente partidária do amor verdadeiro entre Pacey e Joey, e discutir esse assunto com Ely é inútil, já que o último episódio mostra tão claramente como quem estava certa *era eu.*

Tudo bem, abandonei a *Seventeen* completamente (algumas coisas são sagradas), mas nem mesmo ler *Cosmo* sem

Ely é tão divertido, e pichar as modelos com nossa coleção de giz de cera não faz o menor sentido sem ele (Ely desenha um pau muito melhor do que eu). Só que a *Cosmo* tem razão em uma coisa: pensar em alguém por quem você se sente muito, muito atraído enquanto se masturba pode render resultados satisfatórios — *bastante* satisfatórios. E, quando penso em Gabriel me tocando aqui, ali e acolá enquanto estou fazendo justamente isso, pareço chegar a um lugar ao qual jamais cheguei quando fantasiava com Ely. Isso me faz sentir vontade de encontrar esse lugar real com uma pessoa real — uma pessoa chamada Gabriel, e não Ely.

Ai. Meu. Deus. Não é a toa que não frequento as aulas. Aparentemente, o professor decidiu exibir uma apresentação de slides patrocinada pela PETA. Não consigo olhar. Não quero que Robin olhe. Portanto, tento distraí-la com uma nova mensagem:

Como é transar?

Ela se vira para que eu veja seu rosto me encarando. Está boquiaberta. Depois, digita em resposta:

Tá falando sério? Você nunca transou?!?!?!?!? Você?!?!?!?!?

Dou de ombros, depois envio: 😖. *Quase* transei com Bruce, o Segundo. Mas sabia que estávamos empurrando aquilo com a barriga para expressar um sentimento que não sentíamos de fato um pelo outro; e ele parecia saber a mesma coisa, e nunca me pressionou como a maioria dos caras. Não acho que seja porque Bruce, o Segundo, é *tão clara e provavelmente gay*. Acho que talvez seja apenas porque ele é um cara legal.

Odeio isso.

Acho que torço para que ele encontre o que está procurando. Bruce, o Segundo, quero dizer.

Robin responde:

Dizem que você deve esperar para que seja com alguém que ama, mas acho que é mais importante que seja com alguém que você gosta. Tipo, a pessoa vai ver você pelada, sabe? Vai estar dentro de você. Não faça só por fazer, mas não espere por uma fantasia também.

Amigos?, digito em resposta.

Ela se vira de novo e sorri para mim.

É. 🙂

E, de repente, sinto vontade de cair da cadeira de tanto 😆 rir 😆. Porque começo a imaginar Ely em cima de mim, nu, penetrando em mim, e fica *tão óbvio* o quanto essa imagem mental é um erro. A intimidade pode ser amorosa, as intenções são boas, ele está em cima e dentro de mim, mas é tudo estranho e forçado. Pior do que a imagem sufocante de assistir a filmes pornôs, pois a parte de *sentir* a química entre nós não existe. Naomi + Ely não deveriam = sexo.

Ely curte garotos. Eu curto garotos. Ely é um garoto. Eu sou uma garota.

📱 *Trrrim* 📱 *Trrrrim*, Naomi. Como conseguiu entrar para a faculdade sendo tão burra a ponto de demorar tanto para fazer essa conexão? Para realmente acreditar nisso?

Não é engraçado, por isso não tenho a mínima ideia de por que estou rindo tanto. Mas a visão que tive, que não mentiu para mim mesmo sendo uma fantasia, é ridícula a esse ponto.

Nunca vou entender por que o gênero tem tanta importância nos rituais de acasalamento. Não faz o menor sentido;

amor é amor, atração é o que é; e por que a função arbitrária dos órgãos genitais deveria determinar se você quer ou não estar com alguém? Mas o fato é que tem importância.

E odeio isso também.

Só que é verdade.

E se preciso enfrentar a fria e dura verdade, tem mais alguém que também precisa.

Vou nessa, digito para Robin.

Vai sair no meio da aula? Para onde?

Para casa.

O luto precisa terminar. Para nós duas.

É hora de tirar minha mãe da cama e colocá-la de pé.

FÁCIL

Depois de alguns dias estranhos com Bruce me evitando, convoco uma reunião de emergência com as Dairy Queens. Com Naomi e Bruce distantes de mim, preciso convocar todo o sistema de apoio que puder. Quando se está enfrentando grandes dilemas ou problemas pessoais difíceis, imagino que sempre ajude colocar as coisas em perspectiva com alguns caras gays que foram criados no interior. Toda a merda que eles tiveram de enfrentar faz com que a merda que estou vivendo pareça insignificante. E ter sobrevivido com estilo... Bem, acho que todos temos muito o que aprender com isso.

Nos encontramos logo depois da aula. Shaun (linebacker de futebol americano, do Nebraska) está usando, como sempre, uma camisa de rúgbi e calça jeans; antes eu costumava desdenhar disso como "encenação-hétero", até perceber que o cara só estava agindo como ele mesmo, e que essa tal "encenação-hétero" não passava de uma maneira esquisita de os gays odiarem a si mesmos e uns aos outros. Art (de Idaho) está usando uma camiseta PPP bordada com a frase Neal (nosso amigo trans do sul do Illinois, em fase de transição)

está sexy pra caramba em um conjuntinho-completo-de-
-garoto-de-escola-britânica-com-gravata-listrada-e-tudo;
e Ink (que sofreu tanto no Missouri que sua primeira ta-
tuagem, na parte interna do braço, diz Me tire daqui) está
vestindo a bagunça de xadrez com preto como de costume.
Faz um bom tempo que não preciso deles desse jeito, e eles
são gentis o suficiente para não tocarem no assunto.

Quando estamos saindo, passamos pela aula de psico de
Naomi. Sempre decorei o horário de aulas dela antes do meu,
e agora me sinto nostálgico por causa disso. Mas não posso
convidá-la para vir conosco, não agora — preciso lidar com
um fracasso de cada vez na minha vida, porque se for analisar todos de uma vez, talvez caia em um poço sem fundo.

Não sou o único com problemas. Quando atravessamos
o Washington Square Park (com gente conhecida e barulho
social demais) e rumamos na direção do Hudson, Ink conta
sobre como tentou ligar para a mãe no aniversário dela,
mas que ela apenas se recusou a atender, independentemente do quanto suas irmãs tenham tentado convencê-la
a fazê-lo. Art então reconta uma noite sádica — "sádica no
mau sentido" — que passou com um cara que conheceu
no Facebook e que, no fim, era alguém vinte quilos mais
gordo, seis anos mais velho e cinco vezes mais chato do
que quando só trocavam mensagens. E Neal diz que seu
ex voltou a ligar para ele, fazendo malabarismos para os
dois retomarem o relacionamento e quase acabando com
seu caso mais recente.

Shaun não diz nada sobre si mesmo, e me pergunto se é
porque estou aqui. Embora eu tenha saído com Ink durante
a semana de recepção dos calouros e certa vez tenha ficado

com Neal numa festa, Shaun só foi aparecer na Lista do não beijo tarde demais. Flertei imprudentemente, e isso quase arruinou tudo.

Caminhamos até chegar ao Rockefeller Park, na beira do rio. Assim que pisamos na grama, Neal me pergunta o que está acontecendo e se já tive notícias de Bruce.

É uma pergunta simples, mas minha resposta demora vinte minutos. Começo com a noite em que Bruce desapareceu, porque Neal e Art estavam lá, mas Shaun e Ink não. Falo do quanto fiquei confuso, e de como ainda estou, talvez até mais. Confesso que deveria ter percebido mais cedo que Bruce tinha desaparecido. No começo, achei apenas que a fila do banheiro masculino estivesse enorme, porque muitas vezes está mesmo. Depois pensei que ele tivesse encontrado outros amigos e ficado conversando, ou algo do tipo. Só após uma hora de sumiço é que me dei conta de que, nossa, caramba, já faz uma hora. Confesso que até mesmo pensei: "Merda, agora vou enfrentar uma dor de cabeça por tê-lo deixado sozinho durante uma hora." Jamais passou pela minha cabeça que ele tivesse ido embora sem se despedir. Procurei por Bruce em toda parte e encarreguei Neal e Art de fazerem o mesmo. Perguntei às pessoas que estavam na fila do banheiro se tinham visto alguém com a descrição de Bruce, mas todas me garantiram que a única pessoa presente no banheiro naquele momento era uma drag queen inspirada na Jewel (Family Jewel). Finalmente topei com o segurança Missy Elliot, que me contou que meu gato tinha fugido. Chequei minhas mensagens de voz e de texto: nada. Pedi inclusive para Neal me mandar um SMS e a Art que me ligasse, só para ter certeza de que meu celular estava funcionando. Tentei ligar para Bruce. Ninguém atendia. Mandei uma mensagem: *Cadê você? Tá td bem?*

Finalmente, uns dez minutos mais tarde, recebo uma resposta:

Estou são e salvo. Tenha uma boa-noite.

E só. Nenhum pedido de desculpas. Nenhuma explicação. Era tão pouco típico dele. Era, na verdade, mais a minha cara ser tão insensível assim.

Mandei outra mensagem perguntando o que estava acontecendo. Neal, Art e eu saímos da boate e fomos para um restaurante comer panquecas às três da manhã. Encontramos um contingente maior de gays por lá e juntamos as cadeiras para ficar com eles. Eu estava me sentindo totalmente em casa: todo aquele flerte despojado, as observações cáusticas, o desejo nu e cru por afeto... era um jogo que eu jogava muito bem. Mas, em vez de participar disso, passei o tempo inteiro olhando para o celular, esperando uma mensagem de Bruce. Com outros garotos, eu teria simplesmente ligado e deixado um recado dizendo "vá se foder" na caixa-postal. Mas a diferença é que Bruce não é um desses outros garotos. Ele é Bruce.

Agora já se passaram quatro dias, e só tivemos duas conversas, ambas apressadas; nenhuma satisfatória. Conto às Dairy Queens que ele disse que quer "entender as coisas melhor". Pediu muitas desculpas por ter ido embora, mas não fez nenhum esforço para voltar.

— Isso não é nada bom — constata Neal, balançando a cabeça. — É tipo um alerta laranja, na escala dos términos de namoro.

— E laranja é uma cor *tão difícil*! — acrescenta Art.

Fico apreensivo por Shaun estar ali. Ele é um lembrete de todas as merdas que já fiz na vida. A coisa se transformou, para mim, em um padrão tão comum quanto o xadrez: jogo-me em alguém e depois o descarto. Com Shaun foi diferente da maioria dos caras, porque ele atirou de volta minhas próprias ações, gritando e chorando quando o larguei, dizendo que eu iria acabar me formando na NYU com um diploma em Transar & Correr. Porque eu era isso: um cara T&C. Shaun tinha me visto agir assim com outros, o que fez com que se sentisse ainda mais idiota quando agi da mesma forma com ele... e fez com que eu me sentisse ainda pior. Como se eu devesse ter me ligado de que seria assim. Só que o mais difícil de tudo é que no começo eu sempre acreditava nos relacionamentos — nunca T-sava com a intenção de sair C-endo. Porém, no final (quando chegávamos ao final), os caras nunca acreditavam nisso. Só Naomi acreditava, para falar a verdade. Depois que Shaun soltou os cachorros em cima de mim, procurei Naomi, soluçando. "Como dói machucar as outras pessoas quando essa não é sua intenção, não é?", perguntou ela. E respondi que sim. Como doía... Doía demais. Quando o lance era só algo sem consequências, quando tudo já estava bem claro desde o início, tudo bem. O problema era quando você realmente desejava que a coisa desse certo, quando achava que o relacionamento poderia se transformar em algo mais... Bem, aí a T não valia o preço do C.

Com Bruce, entretanto, era para ser diferente. Tentei ser mais cuidadoso. Tentei enganar o padrão. Pensei que, se não saltasse logo para a fase T, também não saltaria para a C. Tentei desacelerar as coisas — *e isso não é nada fácil para mim.* Mas na verdade descobri que desacelerar a etapa do sexo acelerou a etapa do coração. Era como se eu tivesse me colocado esse teste e houvesse passado por um motivo simples: eu gostava dele. Muito. A atração sexual continuava presente (não me iludia a ponto de pensar que seria capaz de fazer o mesmo por alguém *feio*), mas tentei me concentrar em todos os seus outros atrativos. No seu jeito desengonçado. Na sua bondade. Na sua *sinceridade*. Tudo isso me fazia sentir vontade de também ter atrativos como esses.

Nós não T; eu não C. Estava fazendo tudo certo.

Mas então, quem saiu correndo foi ele.

Não posso dizer tudo isso para as DQs, não com Shaun aqui do lado, pois sei que ainda estamos no estágio em que ele se enxerga em tudo o que falo a respeito de outros namorados. Portanto, não falo no passado e em como eu era.

Em vez disso, desabafo:

— Eu tentei. Tentei de verdade. Mas é tão frustrante que isso não tenha a menor importância.

— Você tentou mesmo — consolou-me Neal.

— É — concordou Art.

E é Shaun quem diz:

— Então não pare de tentar agora.

Existe um resquício de raiva na voz dele, e penso, "Certo, mereço isso, de verdade". Então percebo que não está com tanta raiva de mim pelo que fiz a ele, e sim porque estou, aparentemente, sendo um frouxo.

É como se Naomi estivesse falando comigo, chamando minha atenção.

— Escute aqui — dizem ela e Shaun. — Você está desistindo. Está caindo na armadilha de ficar arrasado, porque, ficando arrasado, volta a trazer o foco para você. Mas o foco disso aqui não é você. Não é assim que o amor funciona.

Neal me olha com compaixão.

— Não achou que seria fácil, né? — pergunta. — Não achou que ser fabuloso e fantástico e perfeito deixaria as coisas fáceis para o seu lado, achou? Nunca é fácil pra ninguém. Ainda não sacou isso?

Não sei por quê, mas isso mexe comigo. É verdade, acho que parte de mim pensava que poderia ser fácil. Que talvez algo tão valioso pudesse simplesmente ser entregue de bandeja. Por ser fofo. Ou gostoso. Ou por estar agindo como um cara legal. Tudo isso às vezes pode facilitar um pouco as coisas, mas nunca torná-las fáceis. Achei que, quando encontrasse a pessoa certa, seria fácil. Ele seria meu, e eu seria dele, e pronto. E com Naomi: eu seria dela, e ela seria minha, e pronto. A amizade perfeita. A amizade ideal. Que tipo de conflito poderia haver entre uma garota hétero e um cara gay? Nenhum. Fácil.

Não. Não, não, não, não. Não é fácil. As coisas que realmente importam não são fáceis. Os sentimentos de alegria são fáceis. A felicidade, não. Flertar é fácil. Amar, não. Dizer que você é amigo de alguém é fácil. Ser um amigo de verdade, não.

— Ely? — pergunta Neal.

Ainda não respondi sua pergunta; em vez disso, comecei a rir de mim mesmo. Por ter sido tão idiota. Por não ter entendido nada.

— Desculpe — digo, sem querer que as DQs achem que estou rindo da cara delas. — É que... na verdade, *achei sim* que poderia ser fácil. Para mim.

Ao ouvir isso, Neal se inclina em minha direção e me abraça. Ink ri junto comigo. Shaun me lança um olhar que diz: "Pois é, você é mesmo um idiota, né?" Art apenas dá um tapinha na minha perna, como se eu tivesse aprendido um truque novo.

Agora entendi. Juro que entendi. E é como se isso fosse o que eu precisava entender para fazer todas as outras coisas que já sei fazerem sentido.

É engraçado o quanto saber que não vai ser fácil torna as coisas mais fáceis.

— Desculpe — repito. — Desculpe.

Digo isso para todos eles, mas, na verdade, digo isso principalmente para Shaun. E Bruce. E Naomi. Não porque acredite que seja tudo culpa minha; sei que não é tudo culpa minha. Acho que dizer "desculpe" é uma forma de dizer "quero que as coisas melhorem daqui por diante". Mesmo que seja difícil. Mesmo que doa. Preciso parar de me esconder atrás de quem sou. Preciso parar de me esconder atrás das coisas que os outros esperam de mim e das coisas que eu espero de mim mesmo. Preciso tentar.

Digo isso às Dairy Queens. Digo que preciso descobrir por onde começar.

E então acrescento:

— Alguma sugestão?

EXPECTATIVAS

Naomi Ely

Viver uma vida separada de Ely, mesmo com ele morando no apartamento em frente, é fácil. Não tem sido divertido, sem dúvidas; mas é completamente possível. Podemos delimitar territórios sem o menor problema. Tirando um ou outro encontro infrator, as últimas seis semanas provaram isso muito bem.

Finalmente, sinto-me capaz de abrir mão de Ely. Abrir mão das expectativas mentais quanto ao futuro entre Naomi & Ely é que parece impossível. Não, "impossível" não é a palavra certa. Sei que é possível. Já estamos separados, mesmo. "Injusto" seria melhor. A única fantasia que me consolou durante toda a minha vida até este momento, que me deu um motivo para seguir em frente e ter esperanças no meu — no *nosso* — futuro, na verdade não passa disso, de uma F-A-N-T-A-S-I-A.

Ely e eu terminaríamos a faculdade, casaríamos, compraríamos uma 🏠 e um 🚗, e teríamos um 🐕. Seríamos uma família de 📹, ignorando completamente os obstáculos impossíveis bem na nossa frente. *La-la-la*, Ely é bicha; *la-la-la* e *ha-ha-ha*, Naomi caiu como um patinho na velha armadilha de amar alguém que jamais poderia retribuir seu amor da mesma maneira. Naomi & Ely se veriam presos na mesma velha história de sempre simplesmente porque foi isso que as expectativas mandaram os dois fazerem.

Deve ser das expectativas que minha mãe também não consegue abrir mão. Quero dizer, não acho que ela espere que meu pai marche de volta para casa e que tudo entre nos eixos novamente. Não o aceitaríamos de volta nem se ele quisesse voltar, e no entanto continuamos morando no mesmo apartamento, onde todas as lembranças dolorosas existem não apenas como fantasmas, mas também como vizinhos. Não é nenhuma fantasia nem miragem: *elas estão aí*. As fotos dele conosco enquanto ainda éramos uma família continuam nas paredes e nas mesas, as roupas estão penduradas no armário que não temos coragem de abrir, sua correspondência continua chegando aqui. É como se ele tivesse ido embora, e o tempo simplesmente houvesse parado. Seguimos em frente, mas apenas porque somos obrigadas. A estrutura do apartamento continua a mesma (exceto por aquele pequeno trecho da parede da sala que minha mãe destruiu quando estava sentindo a dor em vez de anestesiando-a). O interior que não podemos ver, porém, o vazio que fingimos não existir (e como poderíamos fazer diferente? Todas as coisas materiais da presença dele continuam aqui, *bem diante de nós*), nos comeu vivas.

É como se, de alguma forma, minha mãe estivesse esperando por uma poção mágica que consertasse essa mentira na qual estamos vivendo. Até lá, ela vai esperar dormindo.

Acordo-a borrifando Evian no seu rosto. Esse método não só é gentil, como também ótimo para nosso tom de pele leitoso. Todas as revistas dizem isso.

Ela abre os olhos, e seu olhar castanho-claro com um misto de raiva e amor me faz lembrar o quanto somos parecidas. Ely sempre teve inveja por eu ser capaz de olhar para minha mãe e conseguir identificar exatamente minhas origens. Ele não se parece com ninguém da sua família. O rosto que compartilho com ela era digno da inveja de Ely, e eu sempre gostei disso. No entanto, como em todo o resto, ele também me derrotou na competição da inveja. Sim, pode ser que Ely tenha um rosto misterioso, mas também tem uma família funcional, que sobreviveu e conseguiu superar os problemas, em vez de simplesmente se desmantelar. Uma família capaz de sobreviver e dar a volta por cima é muito mais digna de inveja, na minha opinião. Isso é *esforço*. Um rosto bonito transmitido de mãe para filha? Isso não passa de uma dádiva.

— O que está fazendo, Naomi? — murmura ela, então fecha os olhos de novo e vira o corpo para o outro lado, dando as costas para mim. — Se não veio assistir à *Oprah* comigo, então pode ir embora.

Pulo para o outro lado da cama e volto a borrifar: um jato direto em seu rosto, depois no cabelo, nos braços, no...

— NAOMI! O que está FAZENDO?

Ela está furiosa, mas eu sorrio, aninhando-me ao lado dela. Não há necessidade nenhuma de gritar.

— Acorda, mãe.

Ela me abraça com força.

— Já me levantei — sussurra em meu ouvido, depois apanha a Evian e borrifa um pouco em meu rosto.

— Que gostoso — comento. — Refrescante.

— Naomi.

— Sim.

— Naomi, o que você está fazendo?

Ela não espera pela resposta. Estende a mão para pegar o controle remoto, mas eu tomo dela antes que Oprah derrote meus esforços de tirar minha mãe da cama para fazer com que enfrente seus próprios problemas em vez de assistir a Oprah resolvendo os problemas dos outros.

Fico de pé na cama e começo a pular sem parar.

— LEVANTA LEVANTA LEVANTA! — cantarolo, mas é só quando acabo de cantar que percebo a conexão que acabei de fazer: imitando da coreografia de prepare-o-café--da-manhã-para-nós das manhãs de domingo.

— Ely — diz ela. — Ele não devia estar aqui para fazer coro com você?

Nessa ela me pegou. Sim, devia.

— Precisamos nos mudar.

— O quê? Você ficou maluca. Não tem nenhum trabalho da faculdade para fazer ou algo do tipo?

— Ele não vai voltar.

Silêncio.

Ela sabe que não estou falando de Ely.

Então:

— Eu sei — admite.

— Você não o aceitaria de volta nem se ele voltasse.

— Também sei disso.

— Então por que continua nessa cama? — Na cama *dele*. Na cama *deles*.

Ela não se levanta, mas pelo menos se senta. Porém, é como se a visão do despertar fosse forte demais. Ela apoia a cabeça entre as mãos.

— Não sei, meu amor. Simplesmente não sei. Não sei mais o que fazer. Odeio o meu emprego. Não temos dinheiro para mudança. Eu me sinto presa em uma armadilha.

— Então vamos mudar as expectativas mentais. Não vamos pensar em armadilhas. Vamos pensar que nossa situação é... um labirinto, do qual precisamos encontrar a saída. O problema das armadilhas é que ficamos presos nela e não conseguimos mais sair. Um labirinto tem saída. Você só precisa encontrá-la.

— E como vamos fazer isso, ó filha abruptamente sábia?

— Podemos começar vendendo este apartamento e nos mudando daqui, mãe.

Ela levanta a cabeça para lançar um olhar fixo e emburrado estilo Naomi em minha direção.

— Precisamos reformar o apartamento para colocá-lo à venda. A sala está danificada. A cozinha e o banheiro precisam de azulejos novos. As cortinas e persianas estão caindo aos pedaços. A lista chamada Impossível continua muito além disso.

— Podemos conseguir ajuda.

— Você escutou o que eu disse, Naomi? NÃO TENHO DINHEIRO.

— Mas tem opções. Podemos pedir a ajuda da vovó. Ela tem muito dinheiro.

— Ela é controladora demais. Sempre há um preço a se pagar pela, abre-aspas, ajuda, fecha-aspas, dela.

— E daí? Pague o preço. Vá visitá-la a cada dois meses. Deixe que fale para você pedir o divórcio e voltar à circulação. Agradeça quando ela oferecer conselhos horrorosos para sua carreira.

Ela dá risada. Já é um começo.

Eu observo o rosto-dela-meu se retorcer, pensando. Depois ela solta:

— Talvez pudéssemos perguntar se Gabriel estaria interessado em fazer um bico, nos ajudando com parte das coisas que precisamos fazer no apartamento antes de vendê-lo... que tal? Ele é um cara bacana, não é? Talvez pudesse nos ajudar, e ainda teríamos a chance de conhecê-lo um pouquinho melhor... — O rosto dela está sério, mas o tom de voz é de brincadeira: — Você *goooooosta* dele.

Amo minha mãe.

— Talvez — admito.

Meu verdadeiro desafio é descobrir onde diabos vamos arrumar uma imobiliária disposta a aceitar não apenas este apartamento caindo aos pedaços como também a mãe e a filha proprietárias caindo aos pedaços.

— Sabe do que mais? — digo.

— O quê?

— Estou meio que reprovando na faculdade, e provavelmente deveria abandonar o curso de uma vez.

A cabeça dela volta a desabar nas mãos.

— Ai, Deus! — Solta um suspiro. Em resposta, ela ergue a cabeça com uma rapidez surpreendente para voltar a me olhar, e dessa vez não existe nenhuma expressão emburrada.

— Eu sabia que isso ia acontecer. Não exatamente isso, mas alguma coisa do gênero. Sua adolescência foi fácil demais. Fale tudo de uma vez, vamos acabar logo com isso. Você não está grávida ou usando drogas, está?

Ela tem razão. Peguei mesmo leve com minha mãe quando era adolescente. Sim, tinha meus momentos difíceis, todo adolescente tem. Principalmente eu. Poderia ser graduada em mau humor. Eu me formaria com todas as honras. Mas, ao mesmo tempo, não tinha revoltas adolescentes. Naquela época, minha mãe estava arrasada, só não era por culpa minha. Eu não queria aumentar ainda mais sua dor.

Ely também me superou na competição de rebeldia adolescente. Ele foi muito grosseiro com Ginny quando aconteceu toda aquela merda horrorosa entre nossos pais. Ele era *péssimo* com ela, mas protegia Susan — assumiu uma personalidade tipo médico-e-monstro com suas próprias mães. E hoje, se deixam que ele leve caras para dormir em casa ou se passa a noite inteira fora e não recebe nenhum esporro por isso, não é porque está na faculdade ou porque elas estão chapadas demais para perceber. É por causa dos precedentes estabelecidos por ele — estabelecidos, não; *exigidos* — quando ainda estava no colégio. A liberdade que conquistou tão cedo foi o preço que suas mães tiveram de pagar pela confusão coletiva criada por nossos pais. Fez com que Ely se tornasse adulto antes do tempo. Acho que fez com que nós dois nos tornássemos adultos antes do tempo; a diferença é que expressamos isso de maneiras diferentes. Ely se tornou promíscuo. Eu escolhi o mundo da fantasia.

A promiscuidade de Ely, que já não posso mais escolher fingir ignorar, provavelmente tem muito a ver com o motivo pelo qual brinca com os sentimentos de tantos garotos mas nunca os transforma em namorados. Isto é, até roubar o meu. E me fazer acordar.

— Não estou grávida.

— Merda — murmura ela. Pelo menos, se levanta da cama.

— O que você vai fazer? — pergunto.

Ela pega o telefone.

— *Nós duas* precisamos de ajuda.

Aqui vai a **?** que eu faria a um possível terapeuta: é possível viver sem fantasias e mesmo assim esperar encontrar um caminho justo e feliz? Não existe nenhum comprimido para isso, existe. (Isso não é uma pergunta.)

Minha mãe não aceitaria meu pai de volta. Mas é verdade. Eu aceitaria — e *deveria* aceitar — Ely de volta.

Ele não fez nada de errado comigo além de ser ele mesmo.

Eu amo quem Ely é.

Odeio que esteja devendo a ele um pedido de reconciliação em vez de ficar esperando que ele tome a iniciativa, que conserte as coisas para mim como sempre fez. O problema é que não cheguei nessa parte do labirinto ainda. Um passo de cada vez.

Posso ter conseguido arrancar minha mãe da cama para que tome uma atitude, mas quanto ao

Naomi Ely

ainda não vejo saída.

Por outro lado, também não tenho a sensação de que estamos presos em armadilha nenhuma.

ESQUINA

Fico esperando por ela na escadaria do sexto andar. Nosso território sagrado. As crianças dos subúrbios têm casas na árvore chiques; nós morávamos em Manhattan, portanto tivemos de criar nossos próprios espaços. A esquina da escadaria do sexto andar era nossa. Gostávamos da luz estroboscópica dali, que falhava e zumbia. Jogamos partidas intermináveis de Sorry!, Rummikub, Apples to Apples e nossa própria versão de Trivial Pursuit, na qual usávamos o tabuleiro, mas inventávamos nossas próprias categorias e perguntas, em geral sobre outros moradores do prédio. Chegávamos até a pendurar os trabalhos de arte da escola nas paredes da escadaria. Quando ainda estávamos no ensino fundamental, aquilo servia de palco para brincarmos de musical disco. Eu construía os cenários, e ela dava nome aos nossos personagens — ela era Lavanda, e eu, Caramelo. (Essa lembrança com toda a certeza poderia ficar guardada no Armário da Repressão. Quer dizer, a parte do musical disco era demais, mas *Caramelo?* Deixei mesmo que aquela vadia me chamasse de *Caramelo?*). Depois, fizemos dali nosso santuário quando nossos pais brigaram. E criamos nossas primeiras Listas do não beijo ali, memorizando-as antes de destruí-las.

Saí oficialmente do armário para ela no mesmo lugar em que estou agora. Tínhamos 15 anos, e eu contei para ela o que nós dois já sabíamos. Escolhi de propósito o lugar onde havíamos gravado nossos nomes na parede.

Agora estou olhando para eles. A imagem que arranhamos quando tínhamos 12 anos continua lá:

Naomi + Ely
J1tos
+ 4ever
= 5pe de sucesso

Ela não tem como saber que me encontrará aqui. Não liguei. Não mandei mensagem. Deixei tudo a cargo da nossa velha conexão, da velha ligação de amizade.

É como Naomi sempre diz: "A vida manda você pegar o elevador, mas o amor manda ir de escada."

Estou contando com isso. E agora já vai fazer quase uma hora que estou contando com isso.

Estou prestes a desistir, mas me contenho. Sempre tento ficar pelo menos mais três minutos depois de ter desistido.

Estou aqui, Naomi. Estou aqui.

A porta se abre, e ouço os passos de suas Docs. Mais difícil do que resistir ao impulso de desistir é resistir ao impulso de sair correndo.

Enxergar-se como alguém que sai correndo é o que o faz sair correndo. Pare com isso.

Agora. Momento da verdade. Pelos passos, parece que ela chegou no oitavo andar, e continua descendo... DESCENDO... e...

As Docs param. Ela percebe que estou ali.

E eu percebo que ela está ali. Percebo que alguma coisa aconteceu. Percebo que ela continua linda como sempre, mas que não precisou pensar muito sobre isso. Percebo que ela precisa de sono, de uma conversa e de um beijo de alguém que não sou eu. Percebo que ela continua brava comigo, mas que agora também existem outras emoções ali. Percebo Naomi do modo como se percebe diferenças em alguém que ficou longe por um longo tempo. Mas não se passou um longo tempo. Foi um tempo longo apenas para nós.

"Não é fácil", relembro a mim mesmo. "Não é fácil para nenhum de nós."

— Oi — cumprimento-a.

— Oi — responde ela.

Essa parte em especial não é nada fácil.

Olho para a equação Naomi + Ely na parede. Quero pensar que nós dois juntos ainda nos somamos.

Não vou me intimidar com as diferenças entre o passado e o presente. Conheço o suéter azul que ela está usando, e sei com quem terminou no dia em que comprou aquela calça jeans, e fui eu quem a convenci a comprar essas Docs, que ficaram ainda mais legais agora que estão arranhadas e gastas. Agora, só preciso absorver todo esse histórico, todas essas associações, e transformar um presente imperfeito em um presente mais que perfeito.

Esta é nossa esquina. Estamos dentro de nosso campo de força. Nada pode nos machucar.

— Acho que deveríamos nos casar *aqui* — digo. É tão óbvio.

Naomi se senta no degrau de cima, na ponta de nossa esquina, e apoia a cabeça na parede.

— Ely, nós nunca vamos nos casar. Nunca.

Ela diz aquilo como se fosse uma espécie de revelação, de decisão. Só que eu já sabia disso desde a primeira vez em que senti vontade de ficar com garotos. A única coisa que me surpreende é que possa ser uma surpresa para ela.

— Ai, Naomi... — digo, sentando ao lado dela e me inclinando para perto.

Ela não se encosta em mim, mas também não enrijece o corpo.

— Estou tão cansada, Ely. Não tenho forças para brigar com você.

— Eu nunca quis brigar. Nunca quis nada disso.

Sei o que ela está pensando. "Se não queria nada disso, por que beijou Bruce, o Segundo?" Vou assumir a culpa se for preciso, mas não vou me sentir culpado. Mesmo que o começo não tenha sido correto, sei que foi a coisa certa. Para todos nós.

E acho que não sou o único capaz de ler a mente dos outros nessa dupla dinâmica, porque agora Naomi diz:

— Não seria mesmo de se esperar que a única vez em que você seria monógamo e apaixonado teria que ser com meu namorado?

— Bom, se lhe serve de consolo, provavelmente fiz merda quanto a isso também. — Dói, nesse momento, perceber que ela sequer estava lá para presenciar. Para me deixar dividir aquilo.

— Caramba — diz Naomi.

— O quê?

— Eu disse "monógamo e apaixonado" e você nem discutiu comigo. Não me me mandou à merda.

— E daí?

— E daí que... significa que é mesmo verdade. Uau.

— Tudo bem por você? — pergunto, com todo o cuidado.

— Posso me apaixonar?

Esse seria o momento em que Naomi se recostaria em mim. Me daria um tapinha no joelho. Flertaria.

Mas ela não faz isso. Simplesmente pensa a respeito. Depois, diz:

— Por mim, tudo bem.

Mas está na cara que não é verdade.

— Você está mentindo — digo.

— Tudo bem.

— Não está tudo bem.

— Está, sim.

Balanço a cabeça.

— Por que está mentindo? — pergunto.

— Para não dizer a verdade.

Justo.

Naomi continua:

— Por que colocamos na cabeça que precisamos da verdade o tempo inteiro? Às vezes as mentiras são boas, sabia? Não precisamos saber a verdade o tempo inteiro. É exaustivo demais.

— Tudo isso que você acabou de dizer são verdades, Naomi.

Ela sorri.

— Eu sei.

— A Lista do não beijo — digo.

— A Lista do não beijo morreu. — Naomi não parece lamentar.

— É. Mas deveríamos ter colocado a nós mesmos nela.

— Eu gostava dessa mentira.

— Eu também.

— Só que não gosto mais.

— Não, não mais.

Estamos em um território completamente desconhecido. Tínhamos tudo planejado, mas nas últimas semanas simplesmente passamos uma borracha na coisa toda. Em nossas duas versões diferentes, que não percebemos que eram diferentes. Os mapas se foram. As fantasias se foram. Uma parte da confiança se foi. Mas, ainda que tenhamos apagado as linhas e trajetórias... ainda que tenhamos encoberto todas as pistas e intimações... Bem, os escritos do mapa desapareceram, mas o papel continua aqui. Nós dois continuamos aqui. Não dá para simplesmente apagar a esperança e o amor e a história. No mínimo seria necessário queimar tudo. E, se estamos aqui, é porque não o fizemos.

— Que merda, Naomi.

— Você é um filho da puta.

E é nesse momento que ela se encosta em mim. Em que o topo de seu cabelo se inclina em minha bochecha. Em que sua cabeça repousa em meu ombro. Em que sua mão encontra a minha, e elas se entrelaçam.

— Bruce, hein? — comenta, depois de um instante de silêncio.

— Pois é. Bruce.

— Você que estragou tudo?

— Sei lá, talvez.

— Bom, então desfaça o estrago. Seria uma merda se tivermos passado por tudo isso à toa.

Concordo.

Naomi continua:

— Acho que talvez eu tenha estragado as coisas com Gabriel também. Ele meio que gosta de mim. Pelo menos, é o que eu acho. E talvez esteja disposta a tentar gostar dele também. Só que é estranho, o momento não é o ideal, e não tenho a mínima ideia do que fazer. Gabriel gravou uma playlist para mim. Acho que eu deveria ter absorvido todo um significado secreto dela, mas não faço a menor ideia. Então gravei uma playlist para ele também. Só que ficou uma bosta.

— Gabriel, o porteiro?

— Meu Deus do céu! — exclama Naomi, batendo em mim com a mão que não está segurando a minha. — Por onde você andou?

Acho que este não é o melhor momento para dizer que sempre achei as orelhas de Gabriel meio grandes. Não a ponto de serem assustadoras, mas perceptivelmente grandes. Mas a barriga de tanquinho é ótima.

— E aí, como posso ajudar? — pergunto.

— Preciso mesmo dizer?

— O quê?

— Caramba, temos mesmo que voltar a sintonizar nossas ondas. Preciso que você grave uma playlist para mim. Quero dizer, para ele. Leve a que ele gravou. Ouça. Decifre. Depois responda à altura. Estou ferrada demais para fazer isso agora.

— Quer que eu banque o Cirano para o gostoso do Gabriel por você?

— Aham. Pode ser sua penitência. Enquanto isso, eu continuo o meu curso rápido de fracasso acadêmico.

— Isso quer dizer...?

— Quer dizer que estou a ponto de ser reprovada em iniciação em seminário e literatura comparada, graças a uma falta estupenda de interesse e esforço. Se isso acontecer, vou ser expulsa da NYU.

Zoinks. Naomi está com um problema do caralho mesmo, muito maior do que eu havia imaginado.

— Posso ajudar. Deixe que eu faça seus trabalhos finais.

Ela solta a minha mão e coloca a dela na minha perna. Depois se vira para me olhar — apenas *olhar*.

— Não, Ely. Talvez isso tenha dado certo na escola, mas não dá mais para ser assim. A verdade é que minha expulsão da NYU é o último incentivo de que minha mãe precisa. Ela não teria que continuar num trabalho que odeia para pagar meus estudos: esse sonho estaria morto e enterrado também. Eu ir para a faculdade e ela se agarrar à ideia de que meu pai voltaria foram as últimas mentiras que nós duas tivemos de encenar. Quem sabe agora a gente consiga seguir em frente. E sair daqui.

— Vocês não podem ir embora — digo. Quer dizer, ela *não pode* fazer isso.

— Vamos ver — responde ela, mas ouço no seu tom de voz que é o que vai acontecer.

— Não se mude para muito longe — consigo dizer.

Fico petrificado com a ideia de que ela talvez se mude. Mesmo quando estávamos brigando, quando as coisas andavam mal, não perdi completamente o chão por saber que ela estava ali. A ideia de Naomi ir embora de vez me faz ficar totalmente sem chão.

Acho que ela consegue perceber o desespero em minha voz. A carência.

— Ah, Ely — diz, se aproximando mais.

— Ah, Naomi.

Será que só precisamos disso? Será que a maneira como dizemos o nome um do outro é capaz de abarcar toda a história, o amor, o medo, as brigas, as reuniões, tudo o que sabemos um sobre o outro, tudo o que não sabemos? Será que tudo isso pode ser percebido no modo como ela diz "Ely" e eu digo "Naomi"?

Não tenho certeza, mas é o que temos.

Começamos a conversar. Sobre a mãe dela. Sobre Bruce. Sobre Gabriel. Sobre os Robins e Bruce, o Primeiro. Sobre os possíveis benefícios de pedir transferência para o Hunter College.

— Estamos bem? — pergunto.

Ela olha para mim e, por um segundo, sinto medo de que diga que não. Mas fala:

— Sim, estamos bem. Tudo mudou, e você precisa se preparar para lidar com isso, mas estamos bem.

Posso aceitar isso. Assim como aceitei o fato de que nunca vamos nos casar, terei de aceitar o fato de que ela também não acredita mais nisso. Estamos onde precisamos estar. Pode não ser mais tão divertido quanto era antes, mas é necessário.

Ela me dá um beijo na bochecha.

— Vá atrás de Bruce. Traga-o de volta... vivo.

Digo que sim, farei isso... mas depois voltarei para gravar uma playlist incrível para Gabriel.

— Não — recusa. — Mudei de ideia. Acho que tem outra maneira.

Sei que é melhor não perguntar os detalhes. Eu me consolo em saber que, em breve, estarei a par de todos eles.

Ela se levanta, e eu também. Assim que começa a subir de novo as escadas, chamo-a:

— Espere... achei que você estivesse descendo as escadas por algum motivo.

Ela olha para mim como se eu fosse um completo tapado.

— Não. Eu sabia que você estava me esperando.

E, com isso, ela vira uma esquina, e eu, outra.

ARMÁRIOS

Não estou bêbada nem chapada.

Posso estar louca.

Não estou nem aí.

Encontro-o no armário de suprimentos.

Sim, porteiros têm armários de suprimentos. Estranhamente, esses armários não têm portas extras, maçanetas extras nem homens extras (pelo menos até onde pude averiguar). Tudo bem. Não preciso de porta nem maçaneta. Só preciso de um certo porteiro.

Gabriel olha para mim como se eu fosse uma ninfeta, como se já soubesse por que decidi invadir o único santuário de um porteiro, onde eles vão fumar um cigarro escondido, fugir dos moradores do prédio durante seus descansos de quinze minutos ou simplesmente encontrar alguma lâmpada extra.

Está sentado no banco, usando fones de ouvido grandes que, mesmo assim, não conseguem esconder suas orelhas enormes. Quando me vê, ele olha para o relógio de parede, depois desliga a música e retira os fones.

— São duas da manhã, Naomi. O que está fazendo aqui?

Ele sabe a resposta.

Assumo minha posição sob a lâmpada pendurada no teto.

Finalmente, Gabriel diz:

— Podem me demitir por isso.

— Não se preocupe. Pelo ódio que a administração do prédio tem de mim e da minha família, devo informar que jogariam a culpa em mim, e não em você.

Ele se levanta e se aproxima.

— Pela minha própria vontade pessoal, devo informar que *mal posso* esperar para não ser mais porteiro deste edifício.

Mesmo sob aquela luz severa que expõe todos os defeitos da pele (sua pele escura não revela defeito nenhum), ele é tão lindo que meus joelhos quase desabam só pela proximidade. No entanto, ele não tenta me tocar, embora esteja perto o bastante para isso... e poderia. Talvez tenha percebido os cravos do meu nariz?

E que importam as imperfeições.

Puxo a cordinha pendurada na lâmpada acima da cabeça dele. A luz se apaga. Fecho os olhos e inclino a cabeça, pronta para fazer a coisa acontecer.

Só que a luz volta a se acender. Abro um olho e vejo: Gabriel não está numa pose prestes-a-beijar-Naomi. Sua cabeça está inclinada, sim, mas a expressão confusa parece perguntar: "Que *diabos* Naomi está fazendo?"

AFINAL, O QUE PRECISO FAZER PARA CONSEGUIR UM BEIJO DE UM GAROTO DE QUEM GOSTO?

— É por causa do código de conduta dos porteiros? — provoco.

Onde foi que errei desta vez? Ou será que Gabriel é um desses caras galinhas da Madonna que não conseguem lidar com uma garota que toma a iniciativa?

— Não, é por causa do código de conduta dos cavalheiros — responde ele. — E também, sei lá, pela necessidade de um ambiente melhor? Do tipo, não em um armário. Talvez um jantar e um cineminha antes?

Realmente não sei como fazer isso. Quando a coisa importa. Sou uma idiota.

Viro-me para ir embora, constrangida, mas ele segura a porta com a mão para impedir que se abra (é mesmo um péssimo porteiro). Então, dá o beijo mais suave e doce do mundo na minha nuca.

— Vamos chegar lá — sussurra no meu ouvido.

📻 *Ganhei meu beijo, ganhei meu b-e-i-j-o.* 📻

Saímos do armário de suprimentos e voltamos para o saguão. Ele entrelaça o dedo mindinho no meu.

Demais, como diria a Robin-mulher.

— Ely deixou algo para você na portaria. — Gabriel me entrega um cartão postal de Buenos Aires, endereçado tanto para mim quanto para Ely.

O que eu realmente queria era um a três com vocês dois — uno, dos, tres. *Amor e felicidade, Donnie Weisberg.*

Solto uma bufada de desdém.

Que droga, como eu gostaria de não fazer isso na frente do cara de quem estou a fim.

Mas Gabriel deve gostar de mim de verdade, porque ignora esse meu quase-ronco. E diz:

— Ely desceu até aqui, todo arrumado como se estivesse indo a algum lugar importante, pediu que lhe entregasse isso como se soubesse que iríamos nos ver esta noite, e saiu como quem tinha uma missão a cumprir. Quinze minutos depois, entrou por aquela porta novamente e não desceu mais desde então.

Ely se acovardou.

Não vou aceitar isso. Eu me arrisquei. Ele deveria se arriscar também. É assim que nós somos.

Estou prestes a oferecer uma explicação para minha saída repentina quando Gabriel simplesmente sorri para mim.

— Vá — diz ele, olhando na direção do elevador e apontando para ⋂.

Minha chave do apartamento de Ely está novamente sob o capacho. Encontro-o deitado na cama, olhando para o teto.

Um arrepio atravessa meu corpo por estar de volta ao quarto de Ely. Nada mudou, não ficamos afastados tanto tempo, mas ainda assim... parece diferente. As expectativas do que poderia acontecer aqui sumiram.

Haverá um dia em que vou chegar em casa esperando ver Ely, mas ele não estará lá, porque minha mãe e eu não estaremos mais aqui. É difícil imaginar que um dia poderemos chamar de "casa" algum outro prédio nesta cidade; é mais difícil ainda imaginar que possa haver uma casa para mim em algum lugar desprovido de Ely; mas a parte mais difícil de todas é reconhecer que essa distância *precisa* acontecer. ☺

Pego e visto a jaqueta de couro de Ely em seu armário. Estou com frio. E não fico nem um pouco balofa.

— Ele estava aqui na noite da nossa briga, não estava?

— Quem? Onde? — murmura Ely. Parece em estado de coma. Com medo. Não é o Ely que eu conheço. Ele é um guerreiro. Não é?

— Bruce, o Segundo. No armário.

Ambos exclamamos ao mesmo tempo:

— Com o candelabro!

Puxo as cobertas de cima dele.

— Vai amassar o seu melhor terno, deitando assim.

— Eu passei a ferro. Dá pra acreditar?

— Bom, então deve ser amor verdadeiro, Ely. E você está lindo nesse terno.

O estágio atual da minha mágoa é o seguinte: ainda dói. Mas dói menos. Posso viver com isso. Um dia, talvez, desapareça.

Ele não diz nada.

Tento mais uma vez.

— Está com medo de se machucar?

Ely pensa um pouco, e então diz:

— Não. Estou com medo de machucar Bruce. Como machuquei você.

De certa maneira, é um alívio ouvi-lo dizer isso, ver que reconhece a diferença nos nossos sentimentos mútuos, ainda que pareçamos não conseguir conversar sobre isso. De qualquer forma, não sei se gostaria de conversar a respeito. O espaço que preenche a mágoa e a frustração continua sendo grande demais.

O muro sempre esteve ali; nós é que escolhemos ignorá-lo. Basicamente, quem escolheu ignorá-lo fui *eu*.

— Levanta, Ely — digo. Meu novo mantra.

Talvez eu vire uma curandeira na minha vida seguinte. Por enquanto, provavelmente vou me contentar em dar um tempo dos estudos e arrumar um emprego no Starbucks até que minha mãe e eu tenhamos decidido o que vamos fazer.

244

Estou achando que vou ficar linda com aquele avental verde. Talvez num futuro próximo, depois de muitos jantares e cinemas (espero que ele pague porque, apesar de ser uma garota capaz de tomar a iniciativa, estou completamente falida), Gabriel me veja vestida... apenas com o avental verde?

Ely se levanta. Tenho vontade de alisar os amassados em seu terno, mas me contenho. Em vez disso, revelo que existe um lugar secreto nas costas de Bruce, o Segundo, que é tão sensível que ele vai declarar amor eterno por Ely, quer seja verdade ou não.

Desculpe. Posso até aceitar essa situação, mas não quer dizer que seja obrigada a gostar dela.

— Você é uma piranha — diz Ely. — Mas o conselho é bom.

Tenho a impressão de que vai ser verdade quando Bruce, o Segundo, declarar amor eterno por Ely.

— Eu te amo. — Falo isso do melhor jeito possível.

Em outros tempos, nesse momento eu lhe daria um beijo na bochecha; talvez com a expectativa/esperança de algo mais. Não sei. Vou guardar essa energia para possibilidades com Gabriel. Ou com algum cara que pelo menos seja → *hétero* ←.

— Agora, vá embora. Corra atrás dele.

As mães nos levaram para ver *Peter Pan* na Broadway quando estávamos no segundo ano. Odiei a peça. Não quis bater palmas para a Sininho. Por mim, aquela fadinha ridícula podia morrer que eu não daria a mínima. O resto, porém, eu entendi. Torcia para que, se Ely e eu corrêssemos bem depressa, juntos, a força de nossa energia pudesse nos transformar, como acontecia com Wendy e Peter Pan. Nossas pernas se enroscariam ao nos levantar do chão. Iríamos

✈   para longe. Ely só precisava querer aquilo com tanta força quanto eu.

— Eu te ❤ também — diz em linguagem de sinais.

Quase conto a Ely que, a essa altura, Gabriel está tão qualificado para a Lista do não beijo™ quanto Bruce, o Segundo, mas me contenho. Quero guardar isso para mim mesma, por enquanto.

Por isso, apenas digo:

— 👌

PRÓXIMOS

Quando estou saindo do apartamento, Naomi me diz em linguagem de sinais:

— Não se preocupe, seja feliz.

Eu lembro quando decidimos aprender a linguagem de sinais: foi no quarto ano, e queríamos manter nossos segredos mesmo quando nossos pais ou amigos estivessem por perto. Mais tarde, era ótimo em boates, quando a música era alta demais: podíamos continuar conversando mesmo assim, sem precisar gritar. Às vezes, cruzávamos com gente que conhecia a linguagem de sinais e conversávamos todos, mas, na maioria das vezes, era só Naomi e eu, como sempre, em nosso mundo de duas pessoas.

Penso nisso enquanto sigo até o quarto de Bruce, e percebo que, por mais que nos esforcemos, às vezes ainda parece que todos nós falamos línguas diferentes. Podemos até usar as mesmas palavras, mas os significados são diferentes. E o erro não está em falar línguas diferentes, mas em ignorar esse fato. Achei que Naomi e eu tivéssemos sincronizado perfeitamente nossos vocabulários e definições, mas isso simplesmente não é algo possível. Sempre existem significados diferentes, palavras que são ouvidas de um jeito diferente de como foram ditas. Não existem almas gêmeas... e quem gostaria que existisse? Não quero ser metade de uma alma compartilhada, quero a porra da minha própria alma.

Acho que vou aprender a gostar da palavra "próximos". Porque é o que Naomi e eu somos: somos próximos. Não completamente, não idênticos. Não almas gêmeas. Mas próximos. Porque esse é o ponto máximo que se deveria alcançar com outra pessoa: ser muito, muito próximo.

É o que quero com Bruce também.

Quero ficar próximo.

É besteira pensar que a amizade e o romance são coisas diferentes. Não são. São apenas variações do mesmo amor. Variações do mesmo desejo de estar próximo.

Robin e Robin vêm abrir a porta do alojamento para mim; é a primeira vez que apareço para Bruce e quero que seja com uma batida na porta, e não com um toque do interfone.

Robin e Robin estão no meio de uma discussão sobre o que Bill Murray sussurra para Scarlett Johansson no final de *Encontros e desencontros*. É uma dessas brigas de casal em que está claro que eles estão tendo orgasmos enquanto dão porrada um no outro. Divertido quando se está dentro da briga, suponho, mas um inferno para quem está de fora.

Eu me desvio e viro num corredor a caminho da porta do quarto de Bruce. Estou tão nervoso que tento decidir até o jeito mais adequado de bater na porta. Um tapinha simpático? Um soco entusiasmado? Uma batida brincalhona e ritmada?

Escolho o tapinha simpático. O "quem é?" dele me confunde ainda mais.

— Sou eu — respondo. — Seu namorado de tempos atrás.

A porta se abre e Bruce repara em meu terno, em meu sorriso ansioso. Reparo em seu... Bem, suas roupas que dizem "não vou sair de casa". A camiseta verde manchada, os jeans rasgados.

Pare de criticar as roupas dele. Pare de criticar as roupas dele. Pare de criticar as roupas dele.

— Oi — cumprimenta ele, e pela voz, percebo que não sou o único nervoso ali.

Acho que nunca passei da fase o-que-vestir do meu planejamento, porque fico ali parado como a estátua de alguém realmente imbecil.

E é então que a coisa toda se transforma em um musical. Quero dizer, não literalmente. Não é que uma orquestra começa a tocar e Bruce e eu começamos a cantar. Mas reconheço esse momento: é a parte do musical em que o caixeiro-viajante declara seu amor pela bibliotecária tímida. Ela não acredita. Ele precisa fazê-la acreditar. Os dois foram feitos um para o outro — ambos sentem isso —, mas apenas um deles acredita. É hora de agir, ainda que não seja fácil. É hora de usar a verdade como forma de persuasão. Percebo isso.

Assim que entro no quarto, assim que a porta se fecha, começo a cantar a verdade para ele. As palavras simplesmente saem e, ainda que não haja música, há uma melodia no que digo. Digo que senti saudades dele. Digo que não entendi o que fiz para fazê-lo desaparecer, mas, seja lá o que for, quero evitar que aconteça novamente. Digo que sei que não estou à altura dele, que sou um desses caras gays em quem não se pode confiar e que sempre arrumo um jeito de estragar aquilo que mais importa para mim. *Esta* é a minha linguagem. É *assim* que consigo dizer o que preciso. Com esse número musical repentino.

Não digo "estou apaixonado por você", pois essa é a frase que está por trás de todas as outras, o sentimento que está por trás de todas as minhas palavras.

"Estou apaixonado por você" sai como:

— Sei que sou um galinha e que namorar comigo deve ser um atestado de morte, e sei que se você fizesse uma pesquisa com meus ex-namorados, onze em cada onze o aconselharia a sair correndo para longe de mim. Sei que provavelmente vou rápido demais e sei que entendo tudo errado o tempo inteiro e sei que provavelmente acha que recuperou o juízo decidindo me excluir da sua vida. Sei que provavelmente não sou digno da sua doçura, do seu bom caráter e da sua inteligência. Sei que me atirei em você, e que provavelmente deve estar arrependido desde então. Mas espero, espero de verdade, que também acredite que existia algo entre nós, porque me divirto horrores quando estamos juntos, e quando estamos juntos eu acredito que seria capaz de tratá-lo como você merece. E tenho consciência de que provavelmente vou estragar tudo, se é que já não estraguei, mas estou torcendo para que, talvez, você encontre no seu coração a vontade de, quem sabe, arriscar e ver o que acontece.

Paro nesse momento, e toda a música se congela no ar, esperando a resposta da bibliotecária. Ou as notas musicais vão começar a voltar à vida ou vão se espatifar no chão e se estilhaçar como gelo.

Pausa. E então...

Bruce abre a boca e canta para mim em resposta:

— Não... você não entendeu. *Eu* é que não estou à *sua* altura.

E de repente aquilo vira um dueto.

— Não sou sexy — canta ele.

— É sim — canto em resposta.

— Sou egoísta demais — canto.

— Não é não — canta ele em resposta.

— Tenho medo — canta ele.

— Tudo bem — canto em resposta. — Tenho medo — continuo.

— Tudo bem —canta ele em resposta.

Sempre enxergamos o pior em nós mesmos. Nossas partes mais vulneráveis. Precisamos que outra pessoa se aproxime o bastante para nos dizer que estamos errados. Uma pessoa em quem confiamos.

Sim, sei que Bruce nunca vai ficar bonito numa pista de dança. Sei que tem suas questões. Sei que é um mutante.

Mas gosto disso.

Só preciso convencê-lo. Do mesmo jeito que ele precisa me convencer de que não me acha cruel e insensível.

Isso é o que precisamos fazer.

Sabemos que não vai acontecer tudo agora, de uma vez. E que não acontecerá de um modo perfeito.

Mas podemos chegar próximo disso.

Ele me pergunta por que ainda não transamos, e explico que quero esperar, o que isso significa algo, e penso em como fui idiota de não explicar antes, de não revelar a ele o que significa. E então pergunto por que ele foi embora da boate naquela noite, e ele me diz o quanto ficou assustado, o quanto se sentiu irrelevante.

— Achei que você estava na minha mão.

E ele diz:

— Não. Eu é que fui embora cedo demais. Acho que eu deveria ter dito alguma coisa. Então saberia que estava tudo na *minha* cabeça, e não na sua.

Já fui culpado de beijar pessoas somente para que calassem a boca. Já beijei garotos (e garotas também) por pena ou desejo de dominá-los, ou apenas pela conquista. Mas, quando beijo Bruce agora, quando nos abraçamos e nos beijamos e me esforço ao máximo para sentir cada centímetro do beijo, não estou tentando evitar nada, nem desviar de nada, nem provocar nada, nem controlar nada. É o amor que beija Bruce. Amor puro e simples.

Se isso fosse um musical, a orquestra pararia, a plateia começaria a aplaudir e as luzes se apagariam. Então, haveria um novo número.

Neste caso, a bibliotecária e o caixeiro-viajante continuam no palco. Esperam que a plateia saia. Esperam que a orquestra guarde seus instrumentos e vá embora. Ficam ali, no palco, até que só restem eles dois.

Mesmo sem mais ninguém por perto, eles cantam.

Está tarde quando chego na casa de Naomi.

Cruzo com Gabriel a caminho do elevador.

— É melhor que a trate bem — é tudo o que digo para ele.

— Pode deixar — é tudo o que ele me diz em resposta.

Ando na ponta dos pés pelo apartamento, com cuidado para não acordar minhas mães. Encontro Naomi dormindo na minha cama, dormindo todas as noites insones dos últimos meses, dormindo para além da exaustão. Ao vê-la assim, com os lençóis amassados nas mãos (ela sempre foi uma ladra de lençóis) e um dos pés pendurados do outro lado da cama (sempre quer que ele fique livre), tenho a sensação de que a conheço. Que a conheço de verdade. E parte desse conhecer é também saber que não necessariamente a conheço tão bem quanto acredito. E não tem problema. Cada um deveria ter a porra da sua própria alma.

Tiro os sapatos, o paletó e a gravata. Ela se mexe um pouco quando deito na cama, por cima dos lençóis, com cuidado. Tenho quatro travesseiros, todos com fronhas idênticas, e mesmo assim, ela sempre sabe qual é o melhor. Ajeito-me na cama e me acomodo no segundo melhor travesseiro. Então me viro de lado para enxergá-la no escuro.

— Como foi? —pergunta ela, com a voz sonolenta.

— Ótimo. Ótimo mesmo.

— Graças a Deus! — exclama, mudando o joelho de posição para que encoste o meu. Esta é a proximidade que teremos a noite inteira; é tanto a distância quanto a proximidade de que precisamos.

Poderia ter dormido no quarto de Bruce, mas era aqui que eu desejava terminar a noite. É para cá que eu desejava voltar. Isso faz tanto parte da minha história quanto todo o resto. A amizade é tão amor quanto qualquer romance. E, como qualquer amor, é difícil, traiçoeira e confusa. Mas, assim que nossos joelhos se tocam, não há mais nada a se desejar neste mundo.

— Boa noite, Robin — digo.

— Boa noite, Robin — responde Naomi.

— Boa noite, Sra. Loy.

— Boa noite, Kelly.

— Boa noite, Docinho bonzinho.

— *Docinho de coco.*

— Foi mal. Boa noite, Docinho de coco.

— *Buenas noches*, Donnie Weisberg.

— Boa noite, Dairy Queens.

— Boa noite, Bruce, o Primeiro.

— Boa noite, mães.

— Boa noite, mãe. E pai.

— Boa noite, Gabriel, o namorado gostoso.

— Boa noite, Bruce, o namorado legal.

— Boa noite, Naomi.

— Boa noite, Ely.

É uma grande mentira dizer que só existe uma pessoa com quem se vai ficar pelo resto da vida.

Se tiver sorte — e se esforçar bastante —, sempre haverá mais de uma.

Este livro foi composto na tipologia Minion Pro
Regular, em corpo 11,5/16, e impresso em
papel off-white na Prol Gráfica e Editora Ltda.